대통령 무덤과 별장으로 보는

풍수 穴 이야기

대통령 무덤과 별장으로 보는
풍수 穴 이야기

초판 1쇄 인쇄일 2023년 04월 17일
초판 1쇄 발행일 2023년 04월 24일

지은이 이재영
펴낸이 양옥매
디자인 김영주
교 정 조준경

펴낸곳 도서출판 책과나무
출판등록 제2012-000376
주소 서울특별시 마포구 방울내로 79 이노빌딩 302호
대표전화 02.372.1537 **팩스** 02.372.1538
이메일 booknamu2007@naver.com
홈페이지 www.booknamu.com
ISBN 979-11-6752-310-5(03180)

대한민국 풍수지리학(정혈학)
박사 1호 이재영의

대통령 무덤과

별장으로 보는

풍수 穴 이야기

이재영 지음

책과나무

저자는 풍수보단 혈을 중요시하는 혈인(穴人)이다. 더군다
나 학(學)보다는 술(術)을 강조하는 사람이다. 만지일근(萬枝一
根)의 법칙이 되어야 한다. 만 가지의 기술보단 올바른 큰 기
술의 뿌리 하나가 중요하지 않은가? 학교 쪽에서는 술을 경
시하는 풍조가 있다. 하지만 필자는 오히려 술을 더 강조한
다. 침을 놓지 못하는 한의학 교수는 제대로 된 교수라고 할
수 없는 것과 같다.

침을 못 놓는 한의대 교수, 혈을 모르는 혈증 교수, 혈을 모
르면서 가르친다고 하는 사(師)들, 혈의 이해 없이 풍수 책을
양산하는 저자들, 혈을 무시하면서 논문 편수가 많다고 자랑
하는 풍수인, 정치인과 만나면 지가 최고인 양 떠들어 대는
풍수인과 시골의 산야에서 혈증을 찾아 장사하는 지관·지사
들 중에 누가 장땡이일까?

필자는 적극 술사를 추인한다. 혈을 모르면서 글을 쓰거

나 가르치고 목소리를 높이는 이가 있다면, 이들은 다 허구다. 그렇다면 혈 하나만이라도 올바르게 공부하는 것이 현명한 일이 아닐까? 혈을 알아야 그다음이 진행될 것이다. 혈을 모른다면 거짓말과 사기를 치는 것과 무엇이 다를까? 따라서 혈을 알고 난 후에 다음 단계로 차원 높게 진행하는 것이 올바른 길일 것이다.

박사인 필자가 학이 아니라 술사가 먼저라고 주장하는 게 아이러니하게 들릴지도 모르겠다. 자칭 혈을 아는 술사가 되고자 한 것이다. 즉, 풍수지리학 박사가 아니라 정혈학 박사를 강조한 이유가 여기에 있다. 만인들이 알아주지 않아도 만족하는 혈인이다. 필자는 지금도 혈을 연구하고 미래에도 혈만 연구할 것이다.

풍수는 이론서가 아니라 실용학문이다. 써먹어야 하는 것이 혈이므로, 이론은 의미가 없다는 것이다. 현장의 실용적 차원에서 다루어지는 혈증에 관한 서책이 꼭 필요했다. 그 내용이 1관부터 시작되는 10관까지의 1j·2선·3성·4상·5순·6악·7다·8요·9수·10장의 실용서이다. 이해도 쉽고, 외우기도 쉽게, 풀어서 쓴 것이 이 내용이다. 마음을 쓰는 혈 찾기, 몸을 쓰는 혈증 찾기에 앞장서게 되는 필요 충분한 아주 중요한 어휘들이다.

또 다른 측면의 설명이 필요할 것 같다. 풍수의 5요소인 용·

혈·사·수·향이 그렇다. 혈을 찾을 수 있는 능력에 대한 문제점
이 요구된다. 혈을 쉽게 찾을 방법이 있을까? 용으로, 사신사
로, 물로, 향으로 혈이 해결될까? 필자가 보기에 답이 없다.

백두산에서 출발한 '용맥'이라고 말해서는 곤란하다. 청룡
과 백호가 이러니저러니 하면서 말하는 것은 더욱 곤란하다.
물이 어떻게 와서 어디로 가는 것을 논하는 사항은 더더구나
아니다. 좌향이 어떠니 형국이 어떠니 논하는 작자도 마찬가
지다. 논리를 펴는 작자는 100% 허구다. 수맥이니 기맥이니
하면서 논하는 논리는 풍수의 목적과는 가는 길이 다르다.

혈은 혈증으로 찾아야 한다. 혈은 혈증으로 찾아야만 해결
이 된다는 전제가 깔려 있기 때문이다. 이것이 6악과 3성이
다. 이러한 연구가 되어야 혈이 해결된다는 선입관이다. 필자
는 지금까지 이마에 30여 개의 성상으로 강과 산이 스쳤다.
하지만 용·사·수·향으론 혈이 해결된 경우는 없다. 혈증만이
혈을 해결하는 길이다. 이는 현실이다.

이 책은 이러한 논리에 근거하여 '기운'이 '크기'로 결정된
다는 장사법과 풍수 논리가 과연 맞는가에 대한 답변을 찾기
위해 대통령의 무덤과 별장을 살펴본다. 인간은 평등한데 죽
은 자에게도 진정 크기가 있는 것인가? 별장을 크게 지으면
풍수지리학적으로 더 좋은 기운을 받는 것인가?

정답부터 얘기하자면, 그렇지 않다. 작은 것인 소(小)나 미(微)의 의미를 지닌 단어를 살펴보자. 범부, 말단, 소명, 택(宅), 농암(聾巖, 이현보) 일두(一蠹, 정여창), 退溪(퇴계 이황 선생이 아닌 계(溪)로 퇴(退)해 물러나는 사람)···. 이러한 단어에는 작은 것을 추구하는 목적에 그 의미가 부여된 삶의 처절함이 담겨 있다. 그래서 스스로 그럴듯한 자연(自然)이 아름다운 것이다.

『대통령, 풍수 혈로 말하다』에서 대통령 탄생의 비밀을 풀어냈다면, 이 책에서는 대통령 후손들의 미래 기운에 관한 연구가 될 것이다. 더불어 짧은 시간이 아니라 10년이나 20년을 살아가면서 잘못된 건축을 지양하고 바른 마음과 올바른 자세로 건강도 생각하면서 별장을 지으면 빈틈이 없고 건축 철학이 들어간 별장이 되지 않을까 한다.

현재와 함께 미래의 복합적인 기운(혈·혈증)에 관한 연구를 위해 이 책을 썼다. 세월 앞에 근면하고 절약하는 마음으로 연마가 되기를 고대한다.

이재영

| 차례 |

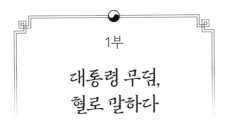

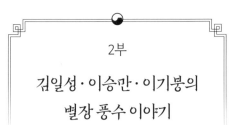

2부

김일성·이승만·이기붕의
별장 풍수 이야기
- 화진포花津浦를 중심으로

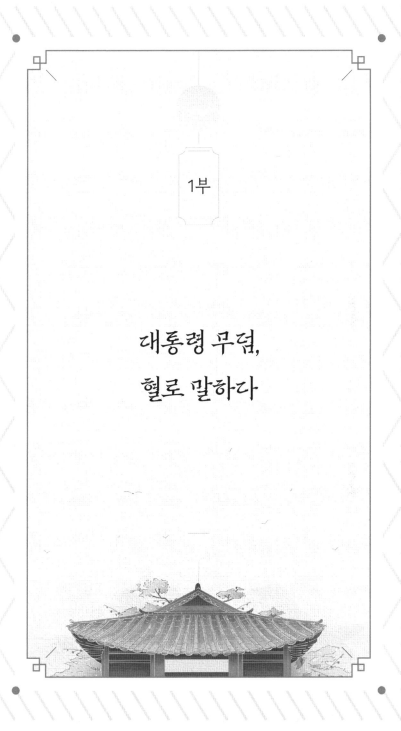

1부

대통령 무덤,
혈로 말하다

풍수 현장에는 혈을 경시하는 풍조가 있다. 무덤을 크게 조성하는 문제, 재혈을 할 때 장비로 천광하는 행위, 흙과 석회를 배합하여 광에다 넣는 방법상의 문제, 보기 좋게 금정틀을 활용하는 행위, 도사니 법사니 하는 기인들, 혈의 개념 없이 최고인 양 떠들어 대는 풍수인, 풍수가 장풍득수의 준말이라는 작자들, 혈의 여부를 인정하지 않고 사신사나 기맥으로 자리를 잡는 풍수인들 등이 그들이다.

이들 대부분은 혈을 무시한 채 장사를 한다. 혈이 된다손 치더라도 무덤이 크면 선익을 침범하여 혈증을 손상시키는 실수, 장비로 하는 재혈은 혈을 흔들어 훼손시키는 문제, 광 속에다 석회를 넣어 물고기 어항처럼 만드는 문제, 혈의 크기를 감안 없이 하는 금정틀 장사, 현장에는 엄연히 혈증이 있음에도 도사인 양 격기를 부려 혈을 망가뜨리는 가짜 도사, 혈이나 혈증의 이해 없이 풍수는 바람과 물이라 말하는 장풍 득수의 글쟁이나 술사들, 혈증의 개념 없이 사신사나 기맥으로 자리를 잡는 행위 등은 혈증에 의한 혈이 아니다. 그럼에도 불구하고 현장에는 이들의 이러한 부정적인 행위가 대부분이다.

이 장에서는 이러한 문제에 대해 심도 있게 다루었다. 이는 학자보단 술사가 되라는 의미다. 혈을 아는 술사가 아니라면 학자가 될 수 없다. 따라서 중요한 것은 혈을 이해하고 현장에서 혈을 똑바로 찾아 올바른 장사가 되게 하는 것이다.

I

대통령

1. 접근 방법

1) 만들어지는 묘지

지금도 한창 성행하는 장사가 '묘지 만들기'이다. 우리들의 일반적인 풍수가들이 갖고 있는 상식이 이거다. 만들면 해결이 될까, 안 될까? 답은 '안 된다'이다.

그런데 아직도 과거에도 미래에도 혈을 만들려고 하는 작자들이 다수고 다수일 것이다. 화장(火葬)을 핑계 삼아 무해무득(無害無得)이 된다고도 한다. 참 어처구니가 없고 한심하다고 생각되는데, 지금의 풍수 대세가 그렇다. 큰일 나는 처사가 아닐 수가 없다. 혈이 자연에, 세상에 없어야 하거늘, 혈이 자연에 있다면 어떤 책임과 의무를 져야 한다는 사실에 대해서는 막중하다.

지나가는 길에 자연에서 장사를 진행하는 곳에서 재미있는 일을 목격했다. 관산(觀山) 일행이 질문을 던졌다. "혈 4상이 어떻게 됩니까?"라고 물으니 대답이 걸작이다. "요즘 혈이 어디 있습니까."라는 대답이 돌아온 것이다. 그래서 필자가 말하기를, "혈 4상도 모르면서 장사를 한다니 대단합니다."라고 재차 물으니 하는 말이 "장비가 다 알아서 한다."고 대답하는 게 아닌가.

참 서글픈 생각이 든다. 이게 요즈음 풍수 현장의 지관·지사가 하는 실태다. 이렇게 해서 장사가 이루어진다. 봉분이 만들어진다. 혈증은 없다. 장비로, 기계로 만들면 장사가 된다. 풍수가 현실의 현주소가 지금의 풍수다. 상주도 모르고 지관·지사도 모르는 것이 현실이다. 국립현충원도, 대학 교수도, 풍수 선생도 혈증의 이해가 부족하다. 필자가 만난 대부분 풍수인들의 현실이 이렇다. 말은 그럴듯하다. 강의도 그런 것인 양하는 선생님 노릇이 전부다.

그런데 풍수 고전에서도, 근대 풍수 서책에서도, 필자의 서책에서도, 현장에서도 혈증이 있다는 게 사실이다. 고전의 혈 그림에서부터 지금까지의 서책 그림에서는 5악이나 6악이

존재한다. 필자는 6악을 우선 강조한다. 현장의 자연에서는 6
악이 존재한다. 이런데도 불구하고 장비로, 기계로, O_2(공투)
로 작업을 한다. 혈은 이 방법과는 비교 상대가 안 된다.

그렇다면 한 가지 의문이 생긴다. 대통령의 묘지는 어떤가
에 대한 물음이다. 묘지가 혈인가 아닌가에 대한 물음이다.
아니면 큰일이 날까?

2) 풍수로 해결이 될까?

장풍과 득수가 혈인 것처럼 치부되어 활용되는 것이 현실
이다. 관산의 설명도 풍수고, 말도 풍수로 치부되는 사실은
어제오늘의 문제가 아니다. 누적적·계속적 사용이 빈번하게
이루어진다.

처음부터 다시 한번 바라보면 용은 간룡법으로, 혈은 정혈
법으로, 사신사는 장풍법으로, 수는 득수법으로, 향은 좌향법
으로 보는 것이 일반적 풍수계다. 장풍법과 득수법을 보면 혈
이 없거나 이면에 숨어 있다. 이 두 가지가 장풍의 풍과 득수
의 수로 풍수다. 아무리 눈으로 쳐다보아도 보이지 않는 것은
당연하다. 정혈법이 따로국밥처럼 따로 있기 때문이다. 풍수
속에는 정혈이 없다.

그럼에도 불구하고 지금도 미래에도 계속 풍수를 사용하

는 것이 풍수인들의 속세다. 정혈을 헤아리는 혈증인은 숫자로 헤아려도 몇 사람 없다. 아니, 거의 없다. 왜 이러한 문제가 일어나고 있을까? 현장에서의 문제가 많이 있다고 본다. 풍수의 분석을 혈로 하는 것이 아니라 풍수로 하는 이유다. 청룡이니, 백호니, 무슨 동조 작용이니 하면서 혈을 찾으려고 하니 혈이 보이지 않는 것이다. 혈은 혈증으로 증거를 찾아야 함에도 말이다.

3) 사과나무의 결과물은

사과나무가 결과물을 얻으려면 얼마의 시간이 필요한지 아는가? 3년이 지나야 열매를 맺기 시작하고, 10년을 기다려야 비로소 상품 가치가 있는 열매가 된다. 사과나무의 결과물은 꽃도, 잎도 나무도 줄기도 아닌 사과인 과일이다.

풍수도 마찬가지로 용·혈·사·수·향이 있다. 용인 간룡도, 사신사인 장풍도, 수인 득수도, 향인 좌향도 결과물이 될 수 없다. 풍수의 결과물은 혈인 정혈이 과일인 사과다. 이러함에도 불구하고 장풍인 풍과 득수인 수가 풍수라고 하여 사신사인 청룡과 백호, 현무와 주작이 답인 양 결과물로 둔갑해 사용되곤 했다. 옳은 결과물이 아니다. 사과와 같은 혈이 답이다.

이를 이해한다면 용·혈·사·수·향에 의한 전수 공부보다는 단일종인 혈 하나만 공부하는 방법도 결과물을 빨리 얻을 수 있는 유일한 길이 아닌가 하는 생각이 앞선다.

2. 연구의 범위

대통령 묘지는 매장으로 되어 있어야 한다는 대원칙이 있다. 대상은 이승만·윤보선·박정희·최규하·김영삼·김대중 대통령의 묘지와 국립묘지 내에 있는 창빈안씨 묘지와 관산 중 발견된 생기를 연구했다. 화장으로 인한 대통령은 제외했다. 전두환·노태우·노무현 대통령이 그 대상이다. 화장은 뼈를 불에 의해 녹여 DNA가 확인되지 못하기 때문이다. 기운은 뼈를 두고 하는 말이기에 뼈가 없다면 의미가 퇴색되므로 기운의 전달은 불가능하다. 이러한 이유로 화장으로 장사한 대통령의 묘는 제외하였다.

대통령 묘지에 관한 연구는 소불이 유일하다. 그는 현충원에 있는 4대 대통령에 대해 논했다. 이승만 대통령의 묘지에 대해서는 결혈이 되지 못한다는 의미로, 박정희 대통령의 묘지에 대해서는 혈이 되는 것으로, 김대중 대통령의 묘지에 대해서는 혈이 맺지 못하는 것으로, 김영삼 대통령의 묘지에 대

해서는 혈이 맺지 않은 것으로 평가했다.[1]

3. 목적

인간은 평등한데 죽은 자에게도 진정 크기가 있는 것인가
에 대한 문제가 첫 번째다. 무덤의 크기가 크면 기운의 영향
은 후손에게 많이 전달될까가 두 번째로, 이는 인간의 무지
다. 그리고 왕릉이나 장군의 묘지같이 크게 하는 것이 좋다면
얼마나 크게 하여야 하는가가 세 번째다. 마지막으로 채명신
장군의 마음 씀씀이다. 장군 묘역이 아니라 사병 묘역에 장
사한 장군이 어떤 인물인가가 네 번째 목적이다. 이러한 곳에
뜻을 두고 연구를 했다.

한편으론『대통령, 풍수 혈로 말하다』에서는 대통령 탄생
의 비밀을 풀어낸다는 측면이 있었지만, 대통령의 무덤에 대
한 분석은 대통령 후손들의 미래 기운에 관한 연구가 될 것으

---

1   소불, 「소불생사문화연구소」를 운영하는 것으로 알려져 있으며 '참풍수'라는 타이
    틀로 운영된 운영자였다. 이에 대한 글을 찾기 위해서는 「naver」 풍수 이문호를
    찾아 들어가면 모니터 하단부에 명당 비평 6이 나온다. 여기서 다시 비평 4, 비평
    2를 누르면 된다. 「풍수비평 4」가 김영삼 대통령의 묘지에 대한 평가다.

로 이해된다. 따라서 현재와 함께 미래의 복합적인 기운(혈·혈
증)에 관한 연구의 목적이 될 것이다.

II

혈의 의미

혈(穴)은 구멍이나 움집이다. 우묵하게 생긴 형태가 혈이
다. 이를 연상해서 보면 와혈이 되는 것 같다. 물론 순위도 와
혈이 선(先)순위다. 혈의 형태가 기준이 되거나 표본이 되어
서 그런지는 몰라도 구멍이나 움집이 맞다. 구멍은 음으로 묘
지가 되며 움집은 양이나 음양이 되어 집이 된다. 이렇게 유
추해 볼 수 있는데, 이러한 형태가 되어야 6렴 등의 해로움이
방지되어 기운이 송출하게 된다.

올바른 혈의 이해가 필요할 것이다. 더 강조하지만 4신사
는 더더욱 아니다. 수맥도 기맥도 혈증이 아니다. 무당도 잡
신도 혈을 찾는 것이 아니다. 어떠한 방법이라도 쉽게 혈을
찾을 수는 없다. 오직 혈증인 1j, 2선, 3성, 4상, 5순, 6악, 7다,

8요, 9수, 그리고 10장이 혈을 찾는 답이다. 풍수 고전의 혈
그림과 근래의 5악, 필자의 6악의 그림과 예시된 자연의 현장
에 그 답이 있다. 이를 부정한다는 것은 올바른 답이 아니고,
아닐 것이다.

1. 혈증

혈증은 『穴人子須智』, 『대통령, 풍수 혈로 말하다』, 『혈증
십관십서』[2]에서 논했듯이 1j, 2선, 3성, 4상, 5순, 6악, 7다, 8
요, 9수, 10장이다. 이들은 구구단 외우듯이 외워야 한다. 2의
1은 2, 2의 2는 4, 2의 3은 6하는 식으로 듣거나 읽으면 저절
로 외워진다. 혈증도 마찬가지로 따라 하다 보면 외워지게 되
는데 외우기 쉽도록 순서대로 해 놨다. 혈의 증명이 말 그대
로 혈증이다.

판사가 죄를 다스리는 죄인도 판결문(증명)이 있어야 다스
릴 수 있다. 자백에서 세월이 변해 지금은 CCTV가 혈증처럼
다루어진다. 이처럼 법(法)도 마찬가지로 증명이 되어야 처벌

---

2   이재영, 『혈증십관십서』 책과나무, 2022.

을 한다. 물이 가는 형태가 법이다. 물이 위로, 거슬러 갈 수 없듯이, 가는 길이 따로 있다. 물길이 아래로 가는 것이 법이고 증명이다. 혈이 그렇다는 논리다.

청룡과 백호로 혈을 찾을 수 없다는 것은 당연지사다. 혈은 혈증으로 다스려야 한다. 이게 혈의 혈증으로 혈이 성립되는 자연의 이치인 것이다. 지극히 자연스러운 것이 혈이고 혈증이다. 역이 아닌 순리가 답이다.

1) 1j

[그림] 낚시의 형태

혈증의 1번이 j 자 이론으로 그림과 같은 낚시의 모양이다. 기운은 맥을 타고 진행되는데, 맥선이 일직선으로 되어 있으면 기운은 내려간다. 90°나 180°, 270°가 틀어지는 맥이 정지한다. 이는 자연의 법칙이다. 이것이 첫 번째의 혈증이다. j 자를 찾아낸다면 혈은 거의 다 성립된다고 본다.

손가락을 자연스럽게 굽히면 90° 이상 굽혀지는데, 손도 마찬가지로 굽히면 그렇게 되는 각도가 된다. 이러한 모양은 기운이 계속 전진하지 못하게 된다. 맥이 멈춘 곳에서 혈이 될 확률이 높아지는 것은 당연하다. 이러한 자리를 찾아내는 것이 가장 우선시된다. j 자가 1번으로 으뜸이 되는 이유다.

2) 2선

맥선을 확인하면 맥의 진행이 나타나게 된다. 맥의 중심을 보면 2분의 1 중 큰 쪽이 있다. 큰 쪽의 힘으로 맥은 진행된다. 어느 쪽의 힘으로 진행되는지를 읽어 낼 수가 있다. 맥선의 중앙에서 아래쪽을 바라보면 2분의 1 중 무게의 중심이 쏠려서 진행된다. 이것이 선룡이다. 맥은 선룡에 따라 움직인다. 이를 보는 눈을 높여야만 선룡이 확인될 것이다. 왼쪽 맥선의 힘으로 진행되면 좌선룡이 된다. 반대로 오른쪽 맥선의 힘으로 진행되면 우선룡이 된다는 산맥의 사실이다.

좌선은 귀(貴)로, 우선은 부(富)의 논리로 해석되기도 한다. 즉, 좌선은 계선 라인의 계급에 의한 해석이 으뜸이 되며 우선은 부자의 논리로 4%의 법칙[3]으로 해석되는 경향이 있다.

---

3 「네이버」, 「다음」에서 4%의 법칙을 치면 된다. 연금의 논리로 평생 동안 생활할

4%는 돈 걱정 없이 생활할 수 있는 금액이다. 이 정도면 부로 해석하는 것이 맞는 것으로 이해된다. 부가 대단한 재력가로 해석되는 경향이 있지만 과대 해석되는 풍조도 일부 있다. 하지만 필자는 부의 개념을 4%의 법칙 정도로 해석한다.

선룡이 일직선으로 내려가면 혈의 생성은 불가능하나, 한 방향으로 돌아 90° 이상 틀어 주면 혈은 생성된다. 이는 자연의 섭리이자 대원칙이다. 선룡의 이해 없는 혈의 선정은 불가능하다. 물도 마찬가지로 용과 같이 움직이는 것이 정상적이다. 산이 움직이면 물도 따라 움직이는 것이 자연의 이치이기 때문이다.

다른 하나는 물의 선수 문제로 분이분일(分二分一)의 상분과 합이합일(合二合一)의 하합 문제다.[4] 선수가 분수의 1분합을 증명한다. 물은 입혈맥의 좌우에서 2개로 나누어지는 분이가 되면서 혈 밑에서는 합이에서 합일로 되는 과정을 말한다. 이는 제1분합의 원리에서 나오는 논리다. 혈 위에서는 나누어지는 현상으로, 혈 아래에서는 합해지는 형태가 상분과 하합의 원리다. 물은 항상 2개로 나누어지면서 마침내 1개로 합해지는 현상이 되어야 길한 작용이 되며 이것이 분합의 바

수 있는 금액이 4%의 법칙이다. 1년 생활비가 4,000만 원이라면, 여기에다 25를 곱한 금액인 10억이 4%의 법칙이 되는 금액이다.

4   동아일보, 제31371호, 2022, 7월 11일 월요일, A20면.

른 원리다.

3) 3성

[그림] 3성의 형태

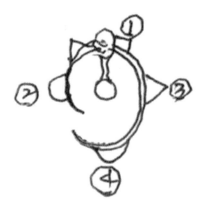

간접적인 혈증은 3성이다. 3성이 있으면 확실하게 분석 되면서도 부가적인 혈증이 되기 때문이다. 3성은 한결 힘을 보태는 역할을 한다. 종류는 귀성·관성·요성이다.

귀성은 ①처럼 입수 주변에 붙어 입수를 보호하고 한층 더 강해지도록 하는 역할이 있다. 관성은 ④처럼 전순의 주변에 붙어 이를 강하게 해 주면서 보호를 하여 그에 대한 뜻을 함축시킨다. 요성은 ②의 타탕과 ③의 파조처럼 2가지 형태다. 타탕이 더 강한 의미가 있다. 타탕은 둔덕처럼, 파조는 길게 붙은 형태로 생겼다.

이들 3성은 입수·전순·선익을 도와주거나 보호해 주는 기능이 주 임무다. 이들의 임무는 간접적인 역할이 되지만 기운은 배가된다. 3성이 있는 것과 없는 것의 차이는 크다. 말이 3성이지만 혈을 제외한 6악과는 의미가 같다. 6악의 입혈맥과 혈을 제외하면 4악이다. 3성은 요성이 좌우측에 2개이므로 역시 4개다. 따라서 하는 역할은 간접적이지만 6악에 못지않게 기능을 한다. 3성이 있는 6악은 배가가 아니라 훨씬 더 큰 역할의 기운을 생성한다는 사실을 풍수인들은 이해해야 할 것이다.

4) 4상

[그림] 4상의 종류(와·겸·유·돌)

혈 4상은 혈의 종류와 동시에 혈의 이름이다. 동물이든 식물이든 간에 유생물이라면 이름이 있다. 혈도 마찬가지로 이름이 주어진다. 대혈이나 명당이나 대와혈 등의 이름은 천박하고 이상하다. 올바르고 정식적인 이름이 아니다. 개똥이니 끝순이 등은 공식적인 명칭이 아닌 것처럼 말이다. 동일한 논리로 혈도 의미가 같다.

혈의 종류는 대분류와 소분류로 구분된다. 크게는 와·겸·유·돌로 대분류가 되지만 소분류가 올바른 혈명으로 각각 6종류로 나눈다. 와혈에는 상하의 길이에 따라 정와·협와·변와가 되며, 선익이 분명한가에 따라 심와와 천와로 구분된다. 즉, 정와에 심와가 있고 천와가 있으며, 협와에 심와·천와가 되며, 변와에 심와와 천와가 된다. 겸혈은 길이에 따라 장겸·중겸·단겸으로 나누어지며, 곡직에 따라 곡겸과 직겸으로 구분된다. 즉, 장겸에 곡겸과 직겸, 중겸에 곡겸과 직겸, 단겸에 곡겸과 직겸이 있다.

유혈은 길이에 따라 장유·중유·단유로, 크기에 따라 대유와 소유로 구분된다. 즉, 장유에 대유와 소유로, 중유에 대유와 소유로, 단유에 대유와 소유로 된다. 돌혈은 크기나 형태에 따라 대돌·중돌·소돌로, 산과 평야에 따라 산돌과 평돌로 구분된다. 즉, 대돌에 산돌과 평돌로, 중돌에 산돌과 평돌로, 소돌에 산돌과 평돌로 된다. 이처럼 혈상은 각각 6종으로 24종이 있다.

5) 5순

[그림] 5순의 형태

　전순은 입술과 같은 목·화·토·금·수의 그림과 유사한 형태
로 ①·②·③·④·⑤의 순서다. 목형은 경상남도 합천군 해인
사 IC 근방의 민묘에서, 금형은 대부분의 자리에서 발견된다.
특히 와혈에서는 대부분 금형의 전순이다. 화형·토형·수형은
지금까지 발견하지 못했다. 다만 『인자수지』의 고전에서는
나열되어 있다. 아마도 시간이 진행되면 발견될 것이며, 그때
가서 밝히기로 하자.

　5순의 연결은 혈에서 전순으로, 선익에서 전순으로 연결되
는 2가지로 나누어진다. 먼저 선익에서 전순으로 연결되는 5
순은 와혈이다. 혈은 입수에서 입혈맥을 지나 혈로, 혈에서
전순으로 진행되는 것으로 이해하고 있다. 혈이 종착점이 되
면서 선익을 통해 전순으로 연결되는 혈이 와혈로, 다른 혈과
의 차이점이다. 이에 비해 겸혈과 유혈, 돌혈은 입수에서 입
혈맥을 통해 혈로, 혈에서 전순으로 연결된다.

　이처럼 전순의 생성은 2가지로 나누어지는데 와혈과 겸

혈, 와혈과 유혈, 와혈과 돌혈의 차이점이 무엇인지에 대해서도 이해가 되어야 한다. 특히 와혈과 겸혈의 가장 큰 차이는 전순의 위치이다. 전순의 위치가 선익 안이 된다면 겸혈이다. 이에 비해 선익 밖에 전순이 있다면 와혈이다. 크기나 모양으로 따져서는 해결책이 없다. 오직 선익을 두고 안과 밖의 논리로 구분되어야 하는 것으로, 전순의 위치 여부에 따라 와혈과 겸혈의 이름이 탄생된다. 구분의 가치는 여기와 설기의 문제도 대두된다.

5순은 전순의 모양으로 5행의 형태를 두고 전순을 읽어 내는 것이다. 목행은 전순의 마지막이 뾰족한 모양이 된다. 필자는 해인사 IC 부근에서 처음 본 적이 있다고 앞에서 언급했다. 화형은 전순의 마지막이 불꽃처럼 생긴 형태다. 토형은 전순의 끝이 일자문성처럼 생긴 형태다. 금성은 대부분의 전순의 모양이며 가장 많기도 하지만 무난한 전순의 모양이다. 수형의 전순은 상당히 꺼리는 모양이나 필자도 지금까지 보지 못한 전순이다.

이들의 중요성은 유혈과 돌혈에서다. 장사 시에 이 두 혈에서는 알아야만 천광이 된다. 천광의 기준이 전순이기 때문이다. 참고로 와혈과 겸혈에서는 좌우의 선익이 기준이 된다. 8요가 붙으면 천광의 깊이는 달라진다.

6) 6악

[그림] 6악의 혈증들

　직접적인 혈증은 6악으로 그림의 ①·②·①과 ② 사이, ③·④·⑧이다. 6악만 있으면 혈이라는 명칭을 붙일 수 있다. 부족함이 없기 때문이다. 말 그대로 완벽한 혈이 된다.

　6악의 첫 번째는 입수다. 입수는 입수맥에서 내려오는 기운을 정제하거나 혹은 강약을 조절하여 들어 올린다. 올려진 것이 입수다. 관찰자가 S 코스로 입수되는 것을 보기란 쉽잖다. S 모양처럼 맥선의 변곡점을 알아야 입수가 보인다. 맥의 전환으로 맥의 이동을 알아야 입수가 발견되는데, 변곡점이 곧 입수로 이 입수는 좀처럼 보기가 쉽지 않다. 세밀하게 보지 않으면 지나쳐 버릴 가능성이 있기 때문이다. 물론 입수가 맥의 중심에 있지만 편맥에 의한 맥선이 움직이는 형태인 만큼 보기가 쉽지 않다는 것이다.

입수는 말 그대로 입수이기에 가장 중요하면서도 기운을 선익에 분배를 하는 역할이 되고 혈의 높이상 최고점이 되기도 한다. 입수는 3곳으로 나누어진다. 중앙으로 내려가는 맥이 입혈맥이다. 와혈에서 입혈맥은 혈로 기운을 전달하는 경로다. 이 경로가 없으면 기운이 정상적인 운행도 어려울 뿐만 아니라 물의 구분이 어렵다. 이 물이 제1분합이다. 1분합은 혈의 생성에 있어서 대단히 중요하다. 물은 맥에 앞서서 판단하는 것이기 때문이다.

입혈과 같이 진행되는 분벽은 좌우로 나누어지며 좌측으로 진행되는 것이 좌선익이며 우측으로 진행하는 맥이 우선익이다. 이 둘 중에서 큰 선익이 선룡을 가르친다. 선익은 혈의 보호뿐만 아니라 바람이나 직접적인 물의 침범을 막아 주며 혈 4상의 이름을 구분 짓는 데 있어서 결정적인 역할을 한다. 즉, 선익이 혈 4상의 이름을 구분하고 명명한다.

그다음은 전순이다. 전순의 연결 경로인 선익의 전달 과정이 되며 선룡도 확정한다. 한쪽의 선익이 전순으로 연결된다. 이 선익이 선룡을 결정한다. 한쪽의 선익을 통해 연결된 전순은 기운을 멈추게 할 뿐만 아니라 앞부분에서 들어오는 바람을 막아 주고 내려가는 기운을 못 내려가게 하는 역할을 한다. 전순은 혈의 종선적인 마지막 종착역이며 종착점이다. 혈의 여부가 결정되는 것이 전순으로 전순의 형태에 따라 길흉의 정도가 달라진다.

입수가 아예 없거나 보이지 않는 것도 있을 수 있다. 예를 든다면 평평한 입수로 평입수가 그렇다. 이는 입수가 불분명한 경우로, 입수 여부를 따지기가 곤란한 경우이므로 이때에는 좌우의 선익을 기준 잡아 결정하는 수밖에 없다. 그다음은 혈이다. 와혈에서 혈은 기운의 종착점이다. 힘이 있는 혈이든 힘이 없는 혈이든 간에 혈은 만점짜리 혈이 된다.

이상의 것들이 6악의 직접적인 혈증이다. 혈은 크기가 있다. 1평 정도의 크기가 혈의 크기다.[5] 1평은 음택이지만 집에도 1평이 있다. 작은 면적에 거처하는 1평을 방장(方丈)이라 하며 불교에서 최고의 어른을 방장(方丈)이라고 하는데, 한문이 같다.[6] 소박하고 작은 집이란 의미로서 명예와 높임의 존대어가 방장이라 한 것으로 이해된다.

1평의 집은 여러 곳에서 나타난다. 『방장기』를 쓴 가모노 초메이는 1평 집을 지어 살았다. 토속 신앙의 성황당이 1평 건물의 건축이며, 건축의 시원이 아닌지도 모르겠다고 그 책

—
5   이재영, 『혈 인자수지』 책과나무, 2020, p.212.
6   김민식, 『집의 탄생』 브레드, 2022, pp.151-157.

에서 지적했다. 경상북도 영천시 화북면의 법룡사 요사가 1평 건물이다. 장독 위의 정한수 공간도 1평의 면적이다. 이처럼 집도 크지 않은 1평의 건물로 지어진 것이 사실이다. 실제로 이러한 사실에 대한 사용을 우리는 알아야 한다. 즉, 혈의 용도를 알아야 품격 높은 값어치가 될 것이다. 이를 무시한다면 혈 공부는 말짱 도루묵이 된다.

7) 7다

[그림] 7다의 형태

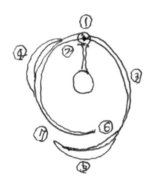

입수가 들면 벌린다. 선익은 붙는다, 돌았다가 있다. 떨어졌다와 감았다가 있다. 안았다가 있다. '들었다', '벌렸다', '붙었다', '돌았다', '떨어졌다', '감았다', '멈췄다'와 같은 '다'로 끝나는 것이 7개로 7다이다.

7다가 있어야만 혈이 된다. 현장에서 올바른 확인이 필요하다. 7다가 되지 못하면 혈이 될 가능성은 희박하다. 돌고 떨어지고 감고 하는 형태가 기운이 못 가도록 하는 역할이 되기 때문이다. 따라서 7다가 있다면 혈의 여부를 판단하는 기본적인 단계가 될 것이다. 올곧은 술사들이 이와 같은 용어를 자주 상용하곤 했다. 필자는 이러한 가르침을 그들을 통해 습득한 바 있다.

8) 8요

[그림] 8요(①파조 · ②타탕)의 형태

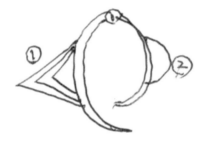

8요는 ①과 같은 모양의 파조와 ②와 같은 형태의 타탕으로 구분되는데, 이를 알아야 하는 이유가 있다. 와혈과 겸혈에서의 장사는 선익을 기준으로 실행하는데 8요가 붙으면 장

법이 달라진다. 8요가 있으면 이를 보고 판단해야 올바른 기운을 받는다. 8요가 없다면 당연히 선익을 기준으로 해서 장사를 해야 하는 것과 8요가 붙어 있는 경우와는 차이가 크기 때문이다. 유혈과 돌혈에선 5순으로 장사를 하므로 8요와는 의미가 다르다. 따라서 와혈과 겸혈에서의 8요는 장사를 하는 데 기준이 된다.

9) 9수

[그림] 6악과 3성(5수+4수)

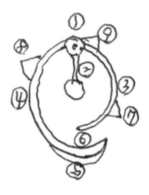

9수는 6악과 3성의 집합체로 배점상 판단하는 수리다. 6악은 혈을 제외하면 ①·②·③·④·⑥의 5악이 된다. 5악은 5수로 배점한다. 3성은 요성이 좌우측에 2개로 요소가 ⑤·⑦·⑧·⑨로 4개다. 4개는 4수로 배점한다. 혈을 제외한 5악의 5수 그리고 3성의 4수 도합 9수다. 9수가 있는 혈증은 온전하다. 제대로 되고 온전한 혈증인 9수가 있는 경우는 극히 일부다. 9수는 혈의 품격을 다루는 것으로 새롭게 정리한 내용으로 독자들의 분발이 요구된다.

6악의 5수는 기본이지만 3성의 1수나 2수만 있어도 상당한 혈증의 효과가 나타나게 된다. 따라서 근본은 5수로 나머지는 플러스알파(+a)로 이해가 되었으면 한다.

10) 10장

[그림] 장사의 형태

10장(葬)은 장사(葬事)다. ①에는 숯을, ②에는 흙을, ③에는 석회를, ④에는 잔디로 장사를 해야 하는 이유는 혈의 기운이 100% 달성되도록 하기 위해서다. 아무리 장사를 잘한다고 하여도 혈은 100%의 이상의 기운을 가질 수는 없다. 고작

100%가 답이기 때문이다. 혈과 장사는 필요충분조건이다. 장사가 신통치 못하면 혈은 손상된다. 손상된 혈의 백분율이 하강하는 것은 당연하다. 장사는 이처럼 혈을 도와주는 역할의 부수적인 업무다.

축구에서 골키퍼가 아무리 골문을 잘 지킨다고 해도 골은 들어가게 마련이다. 종국에는 골잡이에게 당한다. 같은 원리로 아무리 장사를 잘해 봐야 혈이 아니면 의미가 없는 것과 같은 결과지만, 한편으론 장사가 잘못되면 혈의 값어치가 떨어지는 사실을 두고 본다면 대단하다고 하지 않을 수 없다.

물과 장사는 상극(相剋)이다. 천장은 가장 조심해서 해야 한다. 광(壙) 속에 물이 들어가면 아무리 좋은 혈이라 해도 무용지물이기 때문에 다루는 기법이 양호해야 한다. 여의치 않으면 물은 쉽게 들어가며, 들어간 물은 영원한 안식처 속에 잠겨 있다. 이러한 폐단을 방지하기 위해서도 재혈 등은 철저하게 해야 한다.

혈을 찾는 것은 첫 번째이고 장사는 두 번째이지만, 중요성을 놓고 볼 때는 장사가 오히려 더 중요하다. 혈은 귀한 것인데 장사가 잘못되면 망가지기 때문이다. 따라서 천광 시의 수평과 수직, 관곽, 석회처리, 숯, 목저, 차양, 소금(설탕), 잔디, 뒷정리, 땅 소독, 사자의 사전 기생충 약 복용, 마음공부 등 여러 가지를 빈틈없이 준비하여야 할 것이다.

(1) 재혈

첫째로는 재혈로 수평과 수직으로 나누인다. 수평에 의한 재혈은 입수와 전순에 의한 종선, 양 선익을 통한 횡선을 가상적으로 그려 만나는 지점에 + 자가 생긴다. 그곳에 배꼽을 눕히면 되는데 종선에 의한 폭은 좌우로 각 25cm로 50cm를 파면 된다.

현장에 운구된 관곽의 크기를 지관이 먼저 확인해야 한다. 확인하지 않으면 하관 시간 등에 의한 조급함에 일을 그르치는 경우가 있으므로 주의하여야 한다. 장례식장마다 관곽의 크기는 다르므로 조금 귀찮더라도 확인하는 습관이 되어야 실수를 줄일 수 있다.

천광의 수직은 심장(深葬))과 천장(淺葬)의 문제다. 와혈과 겸혈은 선익과 8요를 기준으로 천장이 되어야 하며 유혈과 돌혈은 5순과 관성을 기준으로 심장이 되어야 한다. 천장의 일반적인 깊이는 1m 내외로, 심장은 1.5m 내외로 하며 3성과 8요가 있으면 기준점의 깊이가 달라질 수 있다.

(2) 관곽

두 번째는 관곽이다. 예식장에서는 합성관을 사용한다. 예전에는 소나무 관이나 잣나무 관을 사용했다. 합성관은 문제가 된다. 나무를 합성하기 위해 화학적인 접착제를 사용하기

대통령 무덤과 별장으로 보는 풍수 穴 이야기

때문이다. 관 속이 화학의 원료 통이다. 아무리 좋은 혈 자리가 되어도 재혈해서 넣어지는 관 속이 화학이라면 문제가 이만저만이 아닐 것이다. 후손 관리자의 현명함이 요구된다.

또한 결로 현상이 있다. 이는 풍수가 아니라 과학이다. 기온 차이로 인한 결로 현상은 문제가 된다. 쉽게 생각할 사항이 아니다. 결로 현상으로 인한 관 속의 물은 나올 수가 없다. 합성관의 단점으로 몰관이 으뜸의 답이다.

(3) 석회 처리

세 번째는 석회 처리다. 필자는 이장하는 곳을 수십 차례 보았지만 대부분 관 속에는 물이나 습(濕)이 많다. 석회 처리의 문제로, 올바른 처리가 되어야 할 것이다.

(4) 숯 처리

네 번째는 숯의 처리로, 재혈의 최하단부에 숯을 깔아야 한다. 숯은 물을 흡입·분출하므로 적절히 사용하는 측면이 있어야 할 것이다. 건조하면 머금은 습기를 내어놓는 역할을, 습하면 물기를 삼키는 역할을 숯이 대신한다. 숯은 가정에서도 유익하게 사용하는 생활의 필수품이다. 적절하게 사용하는 지혜가 필요할 것이다.

(5) 목저의 활용

다섯째는 목저의 활용이다. 봉분은 경사가 급해 잔디가 내려갈 확률이 있다. 목저로 잔디를 눌러 주는 역할이 되도록 하면 효과가 나타난다. 적절하게 사용하는 방법이 있어야 할 것이다. 목저는 일반적으로 준비를 하지 않아 놓치는 경우가 많은데, 준비만 되면 작업을 하는 데도 편해 인부들에게도 호감을 산다. 특히 봉분은 비가 많이 오면 무너지는 것은 당연하다. 간단한 목저로 이것이 예방된다.

(6) 소금의 활용

여섯 번째는 소금의 활용이다. 삼투 현상을 봉분 주변의 제1분합의 하단부에 활용해 보면 좋을 듯하다. 물론 설탕도 가능하지만 달기 때문에 개미들의 번식이 비교적 쉬우므로 설탕은 제한적으로 활용해야 한다. 소금물을 먹으면 갈증이 더 일어나는 이유도 삼투압 작용 때문이다. 소금은 물의 배출을 도와주는 역할을 하므로 장사 작업 시뿐만 아니라 실생활에 사용해 보는 것도 상당히 좋으리라 생각한다.

(7) 잔디

일곱 번째는 잔디다. 통상 등고선을 기준으로 떼를 입히는 경우가 있지만, 반대로 심는 경우가 간혹 있다. 다음이 문제다. 건조한 날씨에는 물을 주어야 한다. 묘지가 산이면 물 주기가 쉽지 않다. 하지만 건조한 날씨에는 수단과 방법을 동원해서라도 물을 주어야 산다. 힘이 들어도 잔디는 물이 자양분이다. 이러한 노력이 아니면 잔디 살리기는 어렵다. 심어 놓고 기다리는 것이 아니라 물을 주어야만 잔디는 산다. 두 번 심지 않으려면 물 주기는 필수다.

(8) 땅 소독

여덟 번째로 땅 소독은 필요하다. 땅의 지표 20cm 정도가 산화되어 있고 벌레들이 있다. 벌레를 잡지 않으면 멧돼지가 벌레를 먹기 위해 땅을 파는 행위를 한다. 벌레들의 번식을 막기 위해 땅속의 벌레를 잡아야 하는데, 이때 필요한 토사충의 방제로 땅속에 있는 벌레들을 잡아야 멧돼지의 접근을 막을 수 있다.

초봄 농사를 지을 때 토사충을 이용하여 땅속의 벌레를 잡도록 하는 역할로, 매년 봄 땅속의 벌레를 잡아야 농사를 짓는데 해충으로부터 해방이 된다. 같은 논리로 무덤을 만들 때는 토사충을 처리하여 지표면의 벌레를 잡아 주어야 한다. 6렴의 하나인 충렴의 예방으로 아무리 자리가 좋다고 하는 혈이라 할지라도 벌레에 의한 피해는 안고 가야만 한다.

모르면 몰라도 이해를 한다면, 매년 주기적인 행사가 되면 좋을 것으로 생각되며 여의치 않다면 장사 때라도 토사충의 처리는 반드시 하여야 할 것이다. 지렁이 등의 벌레들은 멧돼지가 좋아하는 먹잇감이다. 멧돼지에 의한 봉분 피해는 상당하다. 민묘의 대부분이 멧돼지의 피해로 봉분이 엉망이다. 봉분에 벌레가 없으면 멧돼지가 덤벼들지 않는다. 따라서 약제 처리로 피해 원인을 제거해야만 봉분의 피해가 없을 것이다.

(9) 뒷정리

아홉 번째, 장사 후에 하는 뒷정리는 아주 중요하다. 아무렇게나 버려진 조화나 막걸리 병 등의 방치는 차마 바른 입으로 말을 하기에도 곤란한 생각이 든다. 관리자는 본인의 조상인데도 불구하고 이렇게 한다는 생각에 마음이 좋지 않다. 유택도 집이라고 생각한다면 말끔한 뒷정리는 필요할 것이다.

(10) 기생충 약 복용

열 번째, 기생충 약 복용의 문제가 대두된다. 사자는 살아생전에 3차례 정도의 기생충 약을 먹어야 한다. 죽기 전에 몸 속의 기생충을 몸 밖으로 내보내는 약의 복용이다. 그래야만 사자의 올바른 죽음이 기다리고 있을 것이다. 이러한 약의 복용은 노후 스님들의 일상으로 일반인들에게도 상당한 의미가 있으므로 마음의 정리가 필요하다.

대통령 무덤과 별장으로 보는 풍수 穴 이야기

죽는다는 마음의 정리는 본인뿐만 아니라 후손들에게도 마음의 평온을 가져지도록 하는 준비가 필요하다. 이처럼 사자는 생전에 마음의 준비를 하여야 올바른 사후 세계의 미래가 있을 것이다.

III

혈증 분석

1. 이승만

이승만 대통령의 그림에서
④는 창빈안씨의 묘소이며, ①
이 이승만 대통령의 묘소이다.
②는 주차장이며, ③은 전기 박
스(box)가 있는 곳이다.

이 대통령의 묘소는 장군 제
1묘역에서 방맥으로, 창빈안씨
묘역에서 재차 방맥으로 탄생
된 바 있으며 내려가면서 무덤

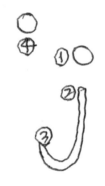

이승만 대통령의 묘소 설명 견취도

을 완성했다. 방맥은 절(節: 마디)의 누적된 수(數)가 있어야 살아간다. 3절 이상의 절수가 되어야 비로소 혈이 생성될 가능성이 있다. 절수가 살아서 진행될 때에는 병행하여 일정한 거리가 있어야 가능한데, 이 묘소는 창빈안씨의 무덤으로부터 짧은 거리다. 짧은 거리에서의 절수는 혈이 생성되기 어렵다. 따라서 더 내려가야 혈이 생성될 기미가 보인다. 그 장소가 묘소 앞의 지점인 주차장이다. 주차장에서 보면 좌선으로 돌아 우측의 '전기 상자'가 있는 곳으로 j 자 형태의 마무리가 보인다.

이러한 형태로 살펴보면 지금의 묘소는 힘이 진행되는 용진의 맥선상이 된다. 용진처가 되어야 용진혈적이 되는데, 용진은 맥의 움직임이 계속 진행됨으로 인해 멈춤이 없다는 증거다. 그러므로 이승만 대통령의 무덤은 운동 중에 있는 곳에 장사한 것으로 판단된다.

역대 대통령에 대해서는 필자가 『대통령 풍수, 혈로 말하다』에서 대통령의 생가와 조상에 대한 묘지를 연구하여 집필한 바 있다. 이때 초대 대통령에 대해서는 조상의 묘지에 대해 참고할 만한 자료가 미비하여 제외한 대통령으로, 평소 궁금하게도 생각하고 있었다. 이번에는 부차적으로 대통령을 한 본인의 묘지에 대해 직접적인 혈 분석을 함으로써 일말의 여지를 풀 수 있겠다고 생각한 곳이다.

이 대통령의 묘지는 창빈안씨 묘지로부터 방맥으로 출발
된 맥으로 묘소에 이르러 멈추지 못하고 묘소 입구 주차장 끝
지점 근저까지 진행되어 우측으로 마무리를 했다. 묘소로부
터 거리가 30m가 넘는다. 묘소는 우선으로 출발하여 좌선으
로 운동을 하면서 진행하다가 한참 내려가 우측으로 마무리
했다. 이러한 위치는 창빈안씨의 묘지에는 청룡의 4신사가
되므로 좋다. 나가는 산이 아니라 들어오는 청룡이 되므로 창
빈안씨의 묘소는 상당히 좋게 해석된다.

1관인 j이 자는 운동성의 행동을 취하고 있다. 2관인 선룡
은 S 코스의 흐름으로 정지를 못 하고 있다. 3관인 3성은 혈이
아니기에 의미가 없으며 4상·5순·6악·7다·8요·9수는 의미
가 없다. 하지만 이승만 대통령의 묘지는 창빈안씨 묘소 다음
으로 명당이라고 표현하는 등 보는 자들의 품격이 생각된다.[7]
다만 기회가 된다면 묘소 아래 주차장으로 이장하는 문제가
대두된다. 하지만 이는 간단한 일이 아니어서 무한한 노력이
요구된다.

10관인 10장은 한마디로 허구다. 장사는 혈이 되어야 하지
만 혈이 아닌 곳에 매장한다는 것은 전연 의미가 없기 때문
이다. 따라서 혈의 중요성은 장사만큼이나 어렵다. 이에 대해

---

7   김두규, 『풍수 대한민국』, 매일경제신문사, 2022, pp.203-206.

소불은 이 묘지가 장풍이 되지 않는다고 하면서 맥이 길게 흘러간 곳이 되어 혈이 되지 않는다고 평했다. 하지만 장풍은 4신사의 의미다.[8] 혈을 주장하면서 혈증에 대한 논리가 부족한 것으로 이해된다.

2. 윤보선

윤보선 대통령의 묘지는 위치적으로 제일 높은 곳에 있다. 할아버지의 어깨에 올라탄 형태로 설명되어 있을 만큼 위치가 높다. 문중 묘지 중에 제일 높은 곳이 윤 대통령의 묘지다. 역으로 장사된 곳이며, 일부 풍수인은 역장(逆葬)으로 해석하기도 한다. 이러한 곳은 이율곡 선생인 율곡 이이의 문중 묘소가 그렇다. 제일 높은 곳에 며느리의 묘소가 있다. 퇴계 선생도 역장으로 이루어진 형태가 보인다. 남자보단 여자가 위(上)에 위치한다.

이런 현상은 높이로는 일품이지만 혈증에 대해서는 다소 의문점이 든다. 첫째로 혈증이 없다는 것이다. 1j, 2선, 3성, 4

---

8   소불, 「소불생사문화연구소」 이승만 대통령 편.

상, 5순, 6악, 7다, 8요, 9수 모두 혈증이 없다. 윤보선 대통령의 묘지 하단부에서 혈증이 나타나기 때문이다.[9] 10장은 봉분이 너무 크다. 자연의 음중 양을 찾아 한 것이 아니라 임의로한 것이기 때문에 봉분을 크게 했다. 혈에 의한 개념은 사라지고 봉분만 크게 한 것으로 여러 가지 문제가 대두된다.

임의로 만든 묘소는 혈이 아니다. 이러한 경우에 역효과가난다. 아니한 것보다 못하기 때문에 혈이 아니면 하지 않는것이 자연의 순리다. 이러함에도 시중에는 너무나 많은 피해가 우려되기도 한다. 역대 대통령의 묘지 가운데 제대로 되어있는 곳이 없을 정도로 혈이 귀한 것도 사실이다. 대부분 혈을 미신 취급하거나 무지로 흘러 방치된 것도 사실이 아닐 수없다. 따라서 혈의 귀중함을 이해한다는 차원에서 혈증을 다루는 문제가 숙제로 남아 있다.

그러한 혈증이 앞에서 언급한 것처럼 1j부터 9수를 지나10장까지 전반적으로 이해가 되어야 할 것으로 이해된다. 이책의 서론에서 설명된 것처럼 하나하나 조목조목 개념의 정립이 요구되는 바이다. 만약 혈이 아닌데도 불구하고 계속적인 장사는 후손에게 엄청난 손실이 예상된다고 필자는 이해

---

9   이재영, 『대통령, 풍수 혈로 말하다』 책과 나무, 2022. 윤보선 대통령의 조상 묘지에서 혈증이 확인된다.

한다.

혈증을 다루는 혈증 연구자의 입장에서는 도저히 용납할
수 없는 문제다. 혈을 경시하거나 무지한 상태에서의 장사가
계속된다면 혈증을 다루는 학교 관련 단체와 혈증 연구자는
필요가 없을 것이다. '왜?'라는 의문이 생기는 것은 당연하다.
학문이 아니고 하나의 술로 끝이 나야 하기에 정혈의 학문이
필요 없게 되는 것이다.

3. 박정희

박정희 대통령의 묘지는 제1국립묘지에 육영수 여사와 쌍
분으로 조성되어 있다. 위치상으로는 가장 높은 곳에 있고,
18년이라는 최장의 집권 기록을 가진 대통령이다. 묘지는 맥
선에 위치해야 기본적으로 혈증이 존재하는데 이 자리는 맥
의 중심에서 벗어난 곳, 측산(側山)[10]에 위치한다.

측산은 혈이 성립될 수 없다. 이유는 간단하다. 의자, 책상,

---

10 배산은 내려오는 산 능선에 위치하는 것을 말하나, 측산은 측면인 곳의 산으로 똑
    바르지 못한 산에 위치한 것을 이르러 표현한 말이다.

걸상, 밥상, 앉는 자세가 바로 되어야 올바른 체격이 형성된다. 살아 있는 나무도, 죽은 나무도 발라야 바로 보이는 것이 정상이다. 아이들도 바른 자세가 되어야 올바른 정신이 든다.

자연에 있는 혈도 마찬가지로 똑바로 되어야 혈증이 생성된다. 이처럼 혈이나 의자나 어느 하나 바르지 않으면 올바르게 되는 것이 없다. 측면에 있으면 바른 맥에 의해 혈이 된다고 하여도 2분의 1은 없어지게 된다. 무지로 사람이 혈을 모른다고 하여도 기본은 바른 맥에 서야 성립된다. 맥을 놓친 측산은 문제가 있는 것이 당연하다.

이에 비해 필자의 논리와 상반되는 분석이 있어 소개한다. 정확하게 누구란 작자는 나타나지 않는다. 다만 손석우와 지창룡 옹이라는 설은 그럴듯하다. 내룡이 약하다는 논리다. 혈의 여부를 묻는 혈증에 관한 문제인데 내룡이 약하다는 의미는 혈의 논리와는 거리가 있다. 물론 표현의 자유는 인정된다. 하지만 내룡은 풍수의 5요소로 볼 때 용에 관한 논리다. 용과 혈은 차이가 이만저만 아니다.[11]

이러한 논리로 분석해 볼 때 가장 최우선적인 혈증인 j 자의 원리가 없다는 것이다. 2선의 선룡선수도 확인이 되지 않는다. 이유는 아주 명백하다. 같은 말이 되지만 선룡도 선수

---

11 김두규, 『풍수, 대한민국』 매일경제신문사, 2022, pp.190-193.

도 맥에 의지하여야만 혈증에 대한 의미를 부여할 수 있기 때문이다. 3성도 같은 내용으로 4상, 5순, 6익, 7다, 8요, 9수까지 혈의 의미를 찾아내기는 곤란하다. 10번째 장사에 대해서는 더군다나 할 말이 빈약하다.

대통령이라는 직책에 의한 무덤 자리이기 때문에 상징성에 대해서 당연시하는 것은 이해가 되리라 본다. 다만 죽은 자에 대해서도 이렇게 해야 한다는 원칙론에 대해서는 오해가 있을 수 있기에 그렇다는 말이다. 혈의 결지 여부를 따지는 것이 아니라 직책에 따른 무덤의 크기로 결정되어야 한다는 장사법이 문제란 점을 주시하고자 한다.

물론 장사법 역시 사람의 작품이다. 혈을 모른다는 무지(無知)가 소치(所致)다. 앞서 언급한 것처럼 혈의 여부를 논한 것이 아니라 봉분을 크게 하거나 작게 해야 한다는 것이 법을 통해 전제되었기 때문에 문제란 말을 하는 것이다.[12] 대통령이라는 상징적인 의미에 관한 연구가 아니라 혈의 여부에 대한 분석이기 때문에 이처럼 검토를 한 것이다.

혈이 아닌 곳에 이루어진 장사로 미안할 뿐이다. 대통령의 이력에 비교하여 무덤의 자리가 버금가는 좋은 곳이기를 바

---

12 대통령은 80평 장군은 8평으로 사병은 1평으로 한다는 설이 있다. 인터넷, 네이버, 국립현충원.

라고는 있었지만, 좋은 자리와는 거리가 있으므로 추후 어떠한 계획이 세워진다면 혈을 확인하여 바른 혈 자리로 재차 장사하는 기회가 되었으면 하고 바라는 마음 간절하다. 그러나 국립묘지이기 때문에 과연 이장 등의 기회가 생길지에 대해서는 미지수다.

이에 대해 소불은 내룡의 좌우 균형이 맞고 중심부에 있으며 장군 제1봉이 가로막아 용맥의 용진이 되지 못한다. 이로 인해 묘지의 10m 아래가 혈이 된다고 하면서 용사가 잘못되었지만, 약한 기운은 일부 받고 있다고 주장했다.[13]

4. 최규하

대전현충원에 있는 유일한 대통령의 묘지가 최규하 대통령의 무덤으로, 혼자 자리한 관계로 외로워 보인다는 말을 먼저 해야 하는 한적한 곳이다.

최규하 대통령은 행정부처의 사무관, 서기관, 부이사관, 이사관, 관리관, 차관, 장관, 국무총리, 대통령 권한대행을 거쳐

---

13 소불, 「소불생사문화연구소」 박정희 대통령 편.

대통령 무덤과 별장으로 보는 풍수 穴 이야기

대통령까지 행정부를 거친 유일무이한 화려한 경력의 소유자이다. 항룡유회(亢龍有悔)라는 유명한 일화를 남긴 대통령이라는 것으로도 기억되는 이 말은 역시 상왕의 모습이다. 시끄러운 세상의 대통령이라고 하여 생각 없이 말을 함부로 한다면 막대한 후회가 된다는 어록이다. 불편해도 꾹 참고 견뎌낸다면 후회가 없다는 의미다. 어록이 무겁다.

묘소는 중심에서 벗어나 있어 풍수 혈증을 찾는다는 것은 무리다. 맥선을 지나야만 혈증이 나타나는 것이 일반적이다. 혈증이 없다는 것은 기운이 없다는 말과도 대등하게 성립된다. 박정희 대통령의 묘지는 측산인 데 비해 최규하 대통령의 묘지는 측산이 아니라 뒤가 허공이면서 맥이 없는 무맥지로 골짜기에 가깝다. 뼈대가 능선이라면 이 자리는 심하게 말해 뼈대가 없다. 측면의 산도 아니고 그렇다고 완전한 계곡 부위도 아닌 어중간한 자리에 있다.

이러한 곳에서는 1j, 2선, 3성, 4상, 5순, 6악, 7다, 8요, 9수가 의미 없다. 10장은 장사를 설명한 것이다. 봉분이 너무 크다. 혈이 된다손 치더라도 무리한 대형의 큰 봉분은 혈의 역할을 잠식할 뿐만 아니라 6악의 요소인 혈증을 손상되게 한다. 이러한 피해는 한둘이 아니다. 1분합과 혈증의 손상은 혈의 기운을 반감시키는 것으로 무리가 따른다. 그러니까 혈의 크기와 모양을 이해한다면 봉분을 크게 한다는 것은 의미가 없다.

아무리 큰 혈이라 할지라도 규모는 1평 내외다. 그런데 대통령의 묘역은 장군 묘역의 10배인 80평이다. 이러할진대 1평의 혈 크기에 견준다면 대통령 봉분은 너무나 대형이다. 대형 봉분의 행태는 첫째로 혈의 의미가 없는 무지다. 두 번째는 대통령이라는 무게감에서 오는 상징성 때문에 크게 한 것이다. 세 번째는 기운의 역량보다는 크게만 하면 되는 것처럼 생각하는 혈증의 마이너스적 착각이다. 네 번째는 묘지 관리를 하는 가족이 아니라 행정기관의 존재 문제다.

가족이 하면 이렇게 크게 할 이유가 없는데도 불구하고 기관에서의 관리가 성행해야 하는 이유는 따로 있다. 물론 국가와 국민을 위한 유공자나, 시신이 없는 대상자의 장사를 지내야 하는 경우는 예외로 하여야 하는 것은 당연하다고 본다. 이를 좀 더 구체적으로 짚어 보면 이해가 될 것이다. 혈을 모르는 무지는 행정기관 책임자들의 문제다. 혈은 어떻게 이루어지고 형성된다는 이해가 앞서야 하는데도 불구하고 혈에 대해서는 전연 모른다.[14] 생명을 떠난 사병, 장군, 대통령 등을 계급으로 면적을 환산하는 그 자체가 아주 잘못된 개념이라

---

14 혈을 이해하는 관청, 공무원이 없다는 것이다. 하물며 풍수를 하는 대부분의 풍수인도 혈을 이해하는 이는 극히 일부다. 보통 문제가 아닐 수 없다.

는 것이다.

필자는 여러 책에서 누차 강조한 바 있다. 혈의 크기가 1평 미만이라는 것을 지적하고 있다. 혈은 2m의 둥근 크기로 되어 있다는 사실을 말했다. 원의 크기는 $3.14 \times 1 \times 1 = 3.14 m^2$가 된다. 1평은 $3.3025 m^2$로 1평도 되지 않는 면적의 크기다. 이러함에도 불구하고 대형의 봉분은 문제가 있고, 있을 수 있다.

다음은 혈증 요소들의 파괴다. 조직의 파괴는 혈의 손상을 초래한다. 기운의 힘이 100%라 해도 조직의 파괴나 물길 등에 의한 손상은 생각보다 감소의 피해 정도가 너무나 크다.

다음은 상징성의 문제다. 이 부분은 솔직히 고민거리다. 죽은 자는 말이 없다. 만인은 법 앞에 평등하다. 이는 상대적인 평등이라는 말에 문제가 있다. 꾸준히 연구하여 긍정적인 해결책이 강구되어야 할 것이다.

세 번째의 문제는 무덤을 크게 하면 기운이 대단하게 작용을 하는가에 대한 문제이다. 기운은 무덤의 크기와는 비례하는 것이 아니므로 상관없다. 앞에서 언급한 것처럼 혈의 크기를 논해야 올바른 장법이 성립될 수 있다. 오해가 없어야 하는 부분이다. 크게 하면 불리한 조건만 양산하는 묘지가 된다.

네 번째가 관리기관의 문제다. 관리자의 주체는 가족이다. 이러함에도 국립현충원이라는 기관에서의 관리로 규모나 형태가 커지거나 확대되어 소모적인 형사가 강해진다. 작은 것이 아름답다는 말에도 반대급부적인 모양이 된다. 올바른 혈의 이해가 모든 것을 갈음하는 계기가 되어야 할 것이다.

5. 김영삼

①과 ②와 ③은 요도이고, ② 아래는 장군 제2묘역이며, ④는 김영삼 대통령 묘소의 입수이고, ⑤는 좌선익과 요성이며, ⑥은 전순 앞의 관성들이다. ⑦은 우선익이다.

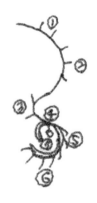

김영삼 대통령의 묘소

이 자리는 대통령으로서는 서울 현충원에서 가장 나중에 장사된 무덤이다. 창빈안씨 묘, 이승만 대통령의 묘, 박정희 대통령의 묘, 김대중 대통령의 묘 그리고 김영삼 대통령의 순서로 묘지가 조성되었다. 김영삼 대통령의 묘소는 이들을 바라보고 있다. 장군 제2·제3묘역의 위와 옆의 중간에 위치하며 장군 제2묘역을 경계로 한 능선 하단부에 있다. 능선의 측면에는 장군 제2의 묘역을 두고 진행하면서 좌측의 힘으로 들어간다. S 코스의 형태로 들어가는데, 이 형태는 창빈안씨 묘소에서도 나타난다.

제2 장군 묘역이 능선 좌측의 요도 3개를 달고 있다. 앞선 능선에는 2개의 요도가 있다. 제2 장군 묘역을 지나서는 맥의 우측에 2개의 요도가 버티고 있어 방향을 틀어 주고 있다. 이 힘으로 좌선의 축이 형성되면서 김영삼 대통령의 묘를 기준으로 전순을 통과하면서 전순 아래가 우측으로 빙 돌아 마무리를 했다. 근본적으로 혈이 되는 자리로 분석되는 이유는 빙빙 돌아 멈춘 형태이기 때문이다.

이 묘소의 혈증을 분석하면 1관인 'j'는 입수 뒤쪽에선 오른쪽의 힘으로 진행하다가 입수를 통과하면서 왼쪽으로 돌았다. 계속 같은 방향으로 진행되다가 전순을 통과하면서 우측 자동차 주차장으로 마무리가 된다. 전형적인 j 자 형태의 1관이 되는데 그 모양이 j 자다.

2관은 2선이다. 선은 물과 용이다. 이곳 용수(龍水)의 선(旋)은 좌선룡에 좌선수다. 봉분을 중심으로 왼쪽으로 돌아가는 용수다. 선룡이 좌선으로 진입은 우측에서 이루어져야 올바른데 가히 정상적이다. 이러한 예시는 창빈안씨의 묘와 같은 형태로 비교된다.

3관은 3성으로 귀성·관성·요성이다. 귀성은 입수 뒤 우측에 붙어 있는 둔덕이 된다. 관성은 전순의 앞이 여러 개의 산재(散仕)된 바위늘이다. 바위의 형태가 직진으로 진행하지 못하도록 하는 형태인 횡으로 있다. 귀성·관성 좌측의 요성이 존재하는 곳으로 좋다. 이에 대해 구리색의 돌이나 흑색의 돌과 흑석동이라는 말로 주장하는 등 부정적인 논리로 주장되는 듯한 주관을 펼치기도 했다.[15] 하지만 필자는 이들의 돌은 3성으로 그 나름의 역할이 있다고 본다.

다음은 4관으로 4상이다. 4상은 혈의 종류이면서 세분류가 되어야 한다. 이곳의 혈은 와혈이다. 전후좌우의 혈상 길이와 폭이 바르고 균형되어 있어 정와로 판단된다. 돌아가는 원훈은 너무나 많은 형질 변경으로 보이지 않지만 천와로 보인다. 즉, 혈상은 천와와 정와의 와혈로 추정된다.

5관인 5순은 토성으로 분석된다. 전순의 길이가 긴 형태로 일자문성처럼 생겼다. 일자문성은 토성으로 드물게 생성된 5순이다. 일자문성의 전순은 흔치 않다. 필자도 여기에서 처음 본 것으로 기억이 된다.

6관은 6악이다. 6악은 필요충분조건이다. 입수는 제일 높게 보이는 곳이지만 혈질 변경으로 보기가 쉽지 않다. 하지만 뒤에서 들어오는 좌우측의 요도를 놓고 보면 이해가 된다. 우측의 요도는 귀성이 되는데, 이 영향으로 좌선으로 돌면서 우

---

15 김두규, 『풍수 대한민국』, 매일경제신문사, 2022, pp.207-210.

측으로 마무리가 된다. 이것이 좌측의 선익이다. 이 선익으로
부터 전순으로 연결된 형태로 마무리가 된다. 우측의 선익은
보이지 않는다. 입혈맥은 물로 확인된다. 입수에서의 물이 혼
돈됨이 없이 좌우로 분수된다. 분수가 되면 입혈은 된다고 보
며, 입혈이 되면 맥은 있다고 보는 것이 관산의 일반적 원칙
으로 입수·좌선익·전순·입혈맥이 확인되는 것으로 6악의 존
재가 된다.

　7관은 7다이다. 7다에는 '들었다', '돌았다', '떨어졌다', '붙
었다', '안았다', '멈추었다', '감았다'가 있다. 이들은 입수와
전순, 선익 등에서 3성과 함께 이루어지기도 하고 단독으로
되기도 한다. 다만 복합적으로 되어야 충분조건의 올바른 혈
이 생성된다. 혈이 존재한다고 하는 것은 7다가 증거로 단정
지을 수 있다고 본다. 다만 이러한 7다는 기본적으로 산을 다
루는 방식으로 이해되어도 좋다.

　8관은 8요다. 8요는 요성의 형태가 파조와 타탕으로 나누
어진다. 파조는 길게 붙은 요성이며 타탕은 둔덕으로 되어 있
다. 좌측의 요성은 타탕으로, 우측에는 파조로 되어 있는 것
으로 짐작된다. 즉, 8요는 좌타탕우파조로 이루어져 있다.

　9관은 9수다. 직접적인 혈증인 6악은 5수로, 3성은 4수로
되어 있어 9수가 되는 곳이다. 이에 대해 주가 되는 기운은 애
국지사 묘역으로 간다고 주장하는 동시에 좌청룡이 없다고

하년서 혈이 맺지 못한 것으로 평했다.[16] 이처럼 맥선의 흐름과 4신사인 청룡에 대한 평가가 대부분이다.

10관인 10장은 복잡하다. 묘소 장사 때 대형의 돌이 7개나 나왔다고 하여 언론에 특필로 다루어진 기록이 있다. 이러한 돌들은 암석으로서 풍수로 칭하면 삼성(三星)이라고 한다. 그들은 귀성·관성·요성이다. 임의로 성(星)은 건들여서는 곤란하다. 대통령이라는 묘소는 면적에 따른 훼손으로 작업을 해야 한다는 원칙 때문이다. 혈의 크기에 해당하는 면적이 아니라 대통령이라는 직책에 대한 면적으로 법적 제한인 80평의 면적에 대한 묘역이기에 훼손은 불가피하다.

이에 대해서는 혈의 크기에 해당하는 면적이 아니란 것에 대한 문제가 대두된다. 이 방법으로 장사를 하기에 바위들의 노출이 가능한 것이다. 혈에 맞춘 수작업이 원칙임에도 불구하고 큰 면적에 따른 장사 방법의 차이로 불필요한 일이 성사된 것이다. 이 부분에 대해서는 정부 당국자 또는 후손들이 혈에 대한 이해가 있어야 할 것이다.

음택인 혈은 혈의 크기에 해당하는 장사가 되어야 함을 이해해야 해결이 된다. 따라서 수평·수직에 의한 재혈의 문제, 석회, 소금, 숯, 목저 등에 의한 방법으로의 장사가 되어야 할

---

16 소불, 「소불생사문화연구소」 김영삼 대통령 편.

것이며 물길의 처리 등에 대해서도 신중을 다해 올바른 정리가 필요한 것이다. 보여 주기식 상징성은 묘지 혈에 대한 이해도와는 일치하지 않음을 이해해야 할 것이다. 따라서 정확한 혈을 혈증 위주로 찾아내는 것이 우선시 된다.

다음이 장사 문제다. 혈이 100%라면 장사도 100%가 되어야 기운도 100%가 되는 것이다. 1×1=1이기 때문이다. 이러한 차원에서 혈과 장사, 장사와 기운의 비례적인 문제가 된다. 먼저 혈증은 6악과 3성의 9수다. 이(혈)를 찾아내는 방법이 Ⅱ장의 혈의 이해로 1j·2선·3성·4상·5순·6악·7다·8요·9수다. 다음이 장사로 10장의 장사에 대한 이론이다. 위와 같은 혈의 이해로 혈을 찾는 것이 먼저요 나중이 장사다. 즉, 혈의 크기만큼 봉분이 만들어지는 것이 장사의 기본이다. 그렇다면 대형의 봉분은 의미가 없을 것이다.

※ 대형 봉분에 대한 문제점

김영삼 대통령은 하나님을 믿는 신자다. 김 대통령의 조상은 혈을 가진 곳에 있다. 생가도 마찬가지로 좋다고 필자는 『대통령, 풍수 혈로 말하다』에서 밝혔다. 그리고 국립묘지에서 묘지법에 따른 묘역이 조성되어야 할 것이다. 그렇다면 하나님, 혈, 그리고 국립묘지의 묘지법이 최종적으로 합일이 되어야 할 것이다. 그러니 3마리 토끼를 잡아야 하는 난제가 아닐 수가 없다.

혈을 다루는 제안을 필자가 제시하겠다. 먼저 혈을 찾아야 한다. 다음은 지관·지사의 장사다. 묘역이 아니라 봉분의 크기는 정해져 있다. 세 번째가 하나님에 대한 이해다. 혈은 생로병사묘(生老病死墓)의 인생사로 생각하면 해결이 될 것으로 본다. 태어나서 살다가 나이가 많아지면 병들고 죽는다. 죽으면 묘지로 가는 길이 인생사의 마지막이다. 따라서 혈을 찾고 혈에 맞게 장사를 지내며 생·로·병·사·묘의 인생사로 이루어지는 것으로 이해하면 될 것이다.

묘역은 크게 하더라도 봉분은 지관·지사의 논리대로 혈의 크기에 맞게 하여야 할 것이며, 가능한 자연의 훼손을 줄이면서 이상의 설명이 필요한 입간판의 설치가 요망된다. 이렇게 하면 혈에 대한 기운과 하나님의 해결과 국립묘지의 묘지법에 의한 문제가 자연스럽게 절충될 것으로 본다.

6. 김대중

이 자리와 창빈안씨 묘지, 그리고 이승만 대통령의 묘지는 방맥으로 출발한다. 장군 제1묘역에서 올바른 맥이 아닌 어둔한 맥으로 진행되다가 김대중 대통령 묘지의 뒤편 20m 정도에서 맥이 성립되어 존치된 맥이다. 처음에는 맥이 없다가 일정 부분 내려가면서 맥이 생성되는 것으로 김대중 대통령의 묘지 등이 방맥으로 출발하여 생성된 맥으로, 정상적인 맥은 장군 묘역에서 끝이 났다. 처음 출발은 방맥이 되나, 진행하면서 정상적인 맥으로 형성된 것이다.

이 자리는 창빈안씨 묘지와 경계를 두고 있다. 창빈안씨 묘지가 20m 정도 아래로 내려가 있다. 이들 묘지 중 한 자리는 기운이 들어가지 않는다. 맥은 장택상 전 국무총리의 묘지를 지나가면서 능선이 진입된 듯하다. 맥선의 흐름을 알아야 혈의 성립 여부가 결정되기 때문이다.

맥선의 진입은 사람의 손가락을 보면 이해가 쉬울 것이다. 손가락의 마디는 2가지로 나누어지는데 굽혀지는 쪽과 굽혀지지 않는 쪽이 있다. 잘 굽혀지는 쪽은 그림 A와 같은 손가락의 안쪽인데, 여기에는 계곡부 같은 골짜기가 겹쳐지므로 이곳은 골짜기가 된다. 반대쪽에는 그림 B와 같은 형태로 굴곡이 없고, 골이 없는 민자로 되어 있다. 이처럼 결국에는 'j' 자형태가 되는 원리와도 같다.

산도 마찬가지로 똑같은 논리가 적용된다. 김대중 대통령의 묘지와 창빈안씨 묘지는 동일의 맥선이다. 사람들이 많이 다닌 토끼 길이 있는데 이곳을 보면 골짜기가 형성되어 있고,

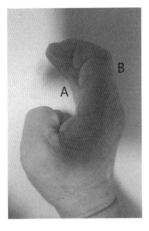

손가락의 형태

그 반대쪽인 김대중 대통령의 묘지에는 이러한 모양의 골짜기가 없다. 두리뭉실하게 생긴 둔덕이 자리 잡고 있다는 것이다. 둔덕은 요도가 된다. 물 위에서 배를 타고 다닐 때 노를 저으면 노를 젓는 반대쪽으로 배는 간다. 산이 이렇다는 말이다. 즉, 산도 배도 형태가 같다는 말이다.

골짜기가 있거나 붙어 있는 요도가 있으면 맥이 방향을 트는데 김대중 대통령의 묘지에는 골짜기는 없고 둔덕이 된다는 말로 B와 같은 모양이다. 이러한 관계를 놓고 보면 맥선의 기운은 창빈안씨의 묘지 쪽으로 진행됨이 분명하다. 오른쪽으로 도는 선룡으로 우선룡이 되므로 직진으로 내려가는 용맥이 방향을 틀어 버리는 것이 된다. 즉, 기운이 김대중 대통령의 묘지로 들어가는 것이 아니라, 창빈안씨의 묘지로 들어간다는 의미다.

또 다른 하나는 김대중 대통령의 묘지 중앙을 보면 중심에서 우측으로 이동한 상태가 보이는데 이 모양 역시 맥선의 중심은 아니란 것을 이해하게 한다. 맥선의 중심이 맥의 중앙이

대통령 무덤과 별장으로 보는 풍수 穴 이야기

되어야 하는데도 불구하고 중앙이 아니다. 이러한 여러 이유를 놓고 볼 때 김대중 대통령의 묘지는 기운이 들어가지 못하는 요도로 보인다.

또 다른 하나는 골짜기가 있으면 골짜기 쪽으로 산은 방향을 튼다. 이는 자연의 이치다. 자연의 이치가 기운의 가부와 여부를 결정하는 아주 결정적인 요소의 단서다. 따라서 묘지는 기운을 받아야만 올바른 역할이 되는데, 김대중 대통령의 묘지는 기운의 적정성에서 역량이 떨어질 수 있다고 평가되는 바이다. 따라서 김대중 대통령의 묘지는 요도에 자리한 상태며 1j·2선·3성·4상·5순·6악·7다·8요·9수 등을 헤아릴 수가 없다.

다만 10장에 대해서는 인위적으로 많은 훼손을 하여 장사다운 장사는 한계가 있다고 본다. 첫째로 봉분의 크기가 크다. 혈의 크기는 1평인데 대통령의 묘지는 80평이다. 두 번째, 조경에 의한 흔적이 너무 강하다. 대형의 소나무 식재는 잔디 관리에 애로점이 있다. 소나무 자체에 제초 성분이 발산되므로 잔디의 생장에 지장을 초래한다.

김대중 대통령의 묘지에 대한 다른 의견이 있어 주목된다. 이 묘지는 창빈안씨 묘로 내려가는 맥의 지각에 위치하므로 바른 자리가 되지 못한다는 평가를 한 바 있다.[17]

---

17 소불, 「소불생사문화연구소」 김대중 대통령 편.

7. 창빈안씨

창빈안씨 묘소의 ①은 입수며, ②는 무덤이고, ③은 우선익이며, ④는 좌선익이고, ⑤는 전순이며, ⑥은 잣나무가 존치되어 있고, ⑦은 물줄기이다.

[그림] 창빈안씨 묘소

앞에서도 언급한 것처럼 김대중 대통령의 묘지와 맥이 연접되어 있다. 맥선의 기운이 이 자리로 전달된다고 했다. 경계선과 혈장 주변에도 혈증이 나타난다. 이 묘지는 명당으로 소문이 나 있다. 창빈안씨의 손자인 순조가 왕이 되면서 명당으로 소문이 자자하게 난 자리이다. 4신사와 물 등이 완비되어 있는 곳으로 정평이 나 있다.

하지만 오류이 왕릉과 같은 형태의 담벼락으로 구성되어 있다. 전순 부위에는 엄청난 토량으로 성토되어 있다. 마치 둔덕처럼 되어 있어 봉분의 앞이 평평하다. 봉분의 측면을 보면 경사지임에도 불구하고 경사가 전연 없다. 형질 변경이 너무나 많이 되어 있어 필자의 장법과는 완전히 대비되는 곳이다.

이러한 형태는 혈증을 분석하는 데는 한계가 있을 수 있다. 그렇다손 치더라도 자리 여부는 혈증으로 분석해야만 우열

대통령 무덤과 별장으로 보는 풍수 穴 이야기

이나 길흉이 분간된다. 일단 혈증으로 자리 여부를 다루어 보아야 결론이 날 것이다. 다른 곳과 마찬가지로 1j·2선·3성·4상·5순·6악·7다·8요·9수·10장 등으로 분석해 보는 것이 좋을 듯하다.

1j는 전순의 앞에 나타난다. 묘지의 봉분 앞은 좌측에서 출발하여 우측의 작은 소나무 3그루 있는 부근까지 돌았다. 미미하지만 j 자가 나타난다. 영락없는 j 자로 1관이 틀림없다. 확인의 방법은 평탄지 아래로 내려가 좌·우측의 측면에서 맥선을 쳐다보면 약한 흐름이 일부 확인된다. 통상 맥선은 일직선으로 내려가는 것이 일반적인 현상인데, 이곳의 맥선은 우측으로 90° 돌아가 멈추었다. 완전한 j의 형태가 나타난다. 1관의 j 자가 틀림없이 확인되는 곳이다.

이에 비해 소불은 좌선을 하면서 피동적으로 끌려 내려가며, 내백호의 도움을 받지 못해 혈을 맺지 못한다고 했다.[18] 이처럼 창빈안씨의 묘지도 백호인 4신사를 섬기기도 했다.

2관의 2선(旋)은 1관에서 보는 것처럼 선룡이 좌선이다. 선은 왼쪽 출발 우측 도착의 왼발우착이며, 수 또한 좌측의 물이다. 이곳의 입수는 조금 색다르다. 김대중 대통령 묘소의 좌측 편 골짜기에서는 오른쪽의 힘으로 진행하여 창빈안씨

18　소불, 「소불생사문화연구소」 김대중 대통령 편.

묘소를 지나면서 좌측의 흰으로 진행하는 S 코스의 형태가 된다. 이러한 형태는 김영삼 대통령의 묘소에서도 발견된다. 즉, 우선룡이 되었다가 마무리는 좌선룡으로 된 S 코스의 형태다.

3관은 3성으로 좌측에 요성이 있다. 요성이 우측에는 확인되지 않는다.

4관인 4상은 와혈이다. 전순 부분에 많은 성토로 확인이 대단히 어렵다. 하지만 평탄지 하단부를 보면 j 자 보는 방법으로 보면, 돌아가는 형태가 시울이다. 우측에는 성토로 확인이 어려우나 미약하게 돌아가는 것으로 유추된다. 이를 놓고 보면 길이가 긴 협와이며 시울의 높낮이가 낮은 천와이다. 즉, 협와와 천와의 와혈이 된다.

5관인 5순은 금성의 모양이다. j 자 돌아가는 형태가 둥글게 도는 금형으로 무난하게 판단된다. 이를 알아야 장사가 원만히 이루어진다. 특히 와혈과 겸혈에선 절대적인 장사의 기본적인 철책이 이것이다.

6관은 6악이다. 직접적인 혈증이 6악으로 입수와 우선익은 보이지 않지만 좌선익과 전순 입혈맥은 무난하게 보인다. 보이지 않는 입수와 우선익은 성토로 되어 있어 분간이 어렵다. 하지만 평탄하게 조성된 평탄면에 오랜 시간이 흘러도 망가짐이 발견되지 않는 것은 자연 그대로의 모습이기 때문이다.

이러한 견해로 살펴볼 때 6악은 건재하게 있는 것으로 파악된다.

7관인 7다는 원형 그대로 나타난다. 떨어지고 돌고 안고 하는 원리가 있는 7다로 구성되어 있다고 본다. 다만 앞에서도 언급하였지만, 성토 등으로 확실히 볼 수 없다는 점이 아쉬움으로 남는다.

다음은 8관으로 8요다. 8요는 장사에서 알아야 한다. 유혈과 돌혈의 장사기법에서는 필수이다. 종류는 타탕과 파조다. 이곳엔 좌측에 타탕이 붙어 있다. 8요는 좌타우무다.

9관은 9수로 재탕의 성질이 강하지만 혈의 품격으론 아주 중요하다. 6악은 5수로 3성은 4수로 구분된다. 이곳에는 6악의 5수와 3성의 1수로 6수가 있는 곳으로 명당이다.

10관은 10장이다. 장사의 구분이 10개로 구성된다. 처음이 천장으로, 수평과 수직으로 구분된다. 오래된 묘지로 이를 분석하는 데는 무리가 따른다. 다만 수정해야 할 부분으로 오륜과 성토다. 오륜은 돌담으로 왕릉과 같다. 돌담은 물길의 흐름을 방해한다. 혈은 분합의 원리로 자연 그대로가 가장 적합하다.

불필요한 시설로 물길이 망가지면 그에 다른 피해는 심해져 기운은 반감된다. 성토 문제가 야기되는데 마찬가지로 물길이 문제될 수 있다. 혈에서의 제1분합은 대단히 중요한데,

이 부분을 무시한다는 것은 기운의 힘이 반감된다. 올바른 혈을 찾는 것도 중요하지만 바른 장사도 혈을 찾는 것만큼이나 중요하다. 장사는 임의로 해서는 곤란하다.

하나만 더 지적한다면, 진입로의 문제다. 이 자리의 선룡은 좌선이다. 선룡이 좌선인데 진입도 좌측에서 한다. 왼쪽에서 진입이 계속된다면 좌선익 등의 혈장이 손상된다. 혈장이 손상되면 될수록 피해의 정도가 클 뿐만 아니라 보기도 민망하다. 기회가 된다면 우측으로의 진입이 되어야만 좋을 것이다. 노력이 많이 들어가지 않는다. 이해만 잘하면 쉽게 고칠 수 있으며 포장된 도로에서 진입이 오히려 쉽고 편하다. 속히 변경하는 것이 좋을 것이며 조치하는 것이 현명하다 할 것이다.

하지만 창빈안씨의 묘지로 손자인 선조 대왕이 배출됐다는 논리에 대해 한번 생각해 보는 기회의 장이 되기를 희망해 본다. 이러한 생각은 혈을 이해하여야 가능할 것으로, 국립묘지 안에서는 바른 혈 자리가 아닌가 한다. 이에 대해 좋은 자리임에는 분명한 혈의 자리가 된다는 구체적인 이유나 내용에 대해서는 언급 자체가 없다.[19] 다만 그림에서 혈이라는 뜻으로 그렇게 보이도록 한 느낌이 가기는 하는 모양새이다. 그러나 혈에 대한 혈증은 전연 설명되지 못하고 있어 혈증인의

---

19 김두규, 『풍수 대한민국』 매일경제신문사, 2022, pp.199-206.

한사람으로서 안타까울 뿐이다.

복잡한 혈증의 분석은 어렵다 할지라도 혈 4상의 종류 정도는 언급이 되었으면 하는 필자의 복안이다. 예를 들어 와혈이라면 협와인지 정와인지를 구분하고 거기에다 깊은 와인 심와인지 얕은 와인 천와인지를 구분하는 정도는 되어야 비로소 올바른 혈증의 분석이 되는 것이다. 즉, 협와이면서 심와, 협와이면서 천와, 정와이면서 심와, 정와이면서 천와 정도는 감별이 되어야 바른 혈의 4상이 분석되는 것이리라 생각하는 바이다. 이러한 분석은 장사가 따라가야만 하기 때문이다.

너무 무리하게 요구를 한 것 같기는 하지만, 그림은 혈증에 의한 분석이 아니라 4신사에 의한 분석으로만 이해가 되는 것으로 혈이라는 그림상의 표현엔 문제가 있다.

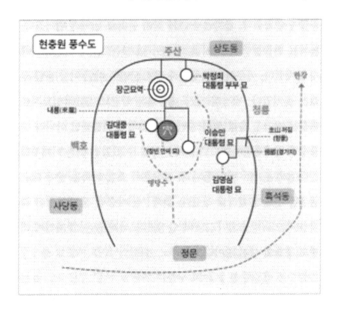

8. 장군 제1묘역

장군 제1묘역은 국립묘지의 중간 능선이 된다. 쉽게 빨리
보면 4신사로 중무장된 것 같은 좌산과 우산의 호위병들이

—
20 김두규, 『풍수 대한민국』 매일경제신문사, 2022, p.206. 현충원 풍수도 그림 참고

건재하고 있어 참으로 좋은 것 같다. 하지만 청룡·백호·주작·현무는 빛 좋은 개살구이다. 4신사는 혈을 선정하는 대표 선수가 아니기 때문이다. 혈증이 있어야 올바른 혈이 찾아질 것이다.

장군 제1묘역에 대해서는 100% 필자의 생각이다. 장군 제1묘역의 봉우리는 박정희 대통령의 묘지 건너에 있는 곳의 산에서 출발하여 묘역으로 올라간다. 올라가는 산은 계단으로 되어 있고, 정상에 올라서면 내려가는 맥이 없다. 김대중 대통령의 묘지나 이승만 대통령의 묘지는 앞에서 표현한 것처럼 맥의 출발이 희미하다. 장군 제1묘역에서 오는 맥이 정상에서 오도 가도 못하고 멈춘 것이다.

올라서서 보면 확인이 된다. 장군 묘역의 올라가는 입구가 평탄하나 묘지를 사용하기 위해 평탄 작업을 한 것으로 이해된다. 초입에서 우선으로 굽어지면서 소나무가 둥근 형태로 조경된 곳까지 진행되다가 가는 길이 없어졌다. 즉, 멈추었다는 말이다. 그것도 우선으로 진행하여 좌측까지 돌아 마무리가 됐다. 이러한 형태가 j 자이다. j 자는 필자가 주장하는 관산의 제1 관법이다. 1관이 j 자 이론으로 이곳에 있다는 논리의 말이다.

2관은 선룡이다. 선은 용맥이 돈다는 말이다. 맥선의 형태는 돌아야만 혈이 생성된다. 곧장 가는 맥선은 혈이 되지 못하므로 의미가 없다. 돌아야만 혈이 된다. 오른쪽의 힘으로 도는 우선룡으로, 오른쪽은 살이 많고 좌측에는 골짜기가 있다. 굽어진 손가락의 모양과 장군봉이 일치된다. 제1관과 2관이 긍정적이다.

3관이 3성이다. 3성은 우선으로 진행되며 오른쪽에 요성이 있다. 모양이 봉우리 처음부터 마지막까지 둥글게 둔덕으로 붙어 있다. 좌측에는 보이지 않는다. 앞부분에는 작은 암석으로 붙어 있는데, 이것이 관성이다. 관성이 붙어 있어야만 맥이 돌아간다. 3성은 관성과 우측 요성이 존재하고 있다.

4관은 4상이다. 혈상이 많이 망가졌다. 유혈 아니면 돌혈이다. 돌혈의 조건은 현침이 필수다. 현침이 4군데에 없다면 유혈이다. 우측에 탁처럼 생긴 둔덕이 존재한다. 좌측에는 둔덕은 없고 골짜기가 있다. 유혈로 생각된다. 길게 이루어진 혈증이다. 혈증 없이는 돌혈로 보는 것이 다수다. 하지만 이러한 현상은 맥선에 있고 높은 곳에 있다는 원칙으로 아주 단순한 생각이다. 혈증의 확인이 중요시된다는 이유가 여기에 있다. 돌혈의 조건이 현침의 여부이다. 현침이 없는 이유로 돌혈이 아닌 유혈로 판정되는 것이다. 길이가 긴 장유이며 크기는 중유로 특정된다. 이러한 종류는 장유이면서 중유의 유혈 명당이다.

5관은 5순이다. 5순은 전순의 형태로 모양이 둥근 금형이

대통령 무덤과 별장으로 보는 풍수 穴 이야기

다. 금형은 전순의 숫자가 많고 제일 무난한 것이다.

6관은 6악으로 직접적인 혈증이다. 입수 입혈맥 혈 좌우 선익 전순으로 6개가 된다. 형질변경의 과다로 그들은 망가져 확인이 어렵다.

7관은 7다로 떨어지고 돈 흔적은 뚜렷하다. 나머지의 요소들은 보이지 않는다. 특히 떨어지고 도는 형태는 일품으로 보기 좋고 아름답다.

8관은 8요다. 우측의 요는 타탕으로 되어 있으나 좌측에는 없으므로 좌무우타탕의 8요다.

9관은 9수로 6악의 5수와 3성의 2수로 7수가 되는 곳으로 비교적 좋다.

10관은 10장이다. 10장은 유혈에 맞게 하는 것이 현명한 방법이다. 기회가 된다면 혈상에 맞는 장법이 되어야 할 것이다. 필자가 여러 서책에서 주장하는 5순의 심장과 8요에 의한 천장으로 하여야 할 것이다.

이에 비해 소불은 장군 묘역에 대해 다음과 같이 평했다. 장군봉은 기의 공급처가 되며 이승만 대통령의 묘지에 대해서는 현무가 되며 기운의 공급처가 되므로 이곳에서는 혈이 맺지 못한다고 했다.[21] 이러한 논리는 장군봉에 대한 맥의 근

---

21 소불, 「소불생사문화연구소」 이승만 대통령 편.

저가 이해되어야 한다. 맥의 도달 지점이 어디인지에 대한 이해가 있어야 할 것이다. 이에 대해 기운의 전달로가 된다는 이해는 필자와 상반된다. 독자들의 이해가 반드시 필요한 곳이다.

대통령 무덤과 별장으로 보는 풍수 穴 이야기

IV

결과

1. 무혈

묘지를 만들면 기운이 생길까? 만든 묘지에 기운이 있는가에 대한 질문이다. 이렇게도 생각이 될 것이다. 혈을 찾는 것이 목적이 아니라 묘지 만들기 경연대회가 오히려 의미가 있을 것이다. 잘 만들어진 묘지가 각광(脚光)을 받는다면 묘지 만들기 기술이 필요할 것이다. 이것은 전연 아니다. 이렇다면 혈 찾기는 필요가 없다. 아무 곳에나 봉분을 만들면 될 것이다. 혈의 개념을 떠나 봉분의 크기나 모양 만들기가 최고 최선의 일이 아닐 것이다. 이미 이러한 내용에 대해서는 여러 서책에서 표현한 것과 같다.

2. 1평=80평

1평은 80평과 같지 않다. '언 발에 오줌 누기', '모기 발에 워커'라는 비속어가 있다. 비교법으론 사실 비교가 되지 않을 수도 있다. 그러나 1평과 80평은 무게감이 다르다. 단순한 숫자는 80평이 크고 많아 무게가 많이 나갈지는 몰라도 실상은 너무 다르다. 사망한 사람이 들어가는 무덤이 커야 좋다고 한다면 80평이 아니라 100평으로 해도 되겠지만 풍수는 몰라도 혈은, 혈증은 아니다.

자연이지만 혈은 크기가 정해져 있다. 1평 정도가 혈의 크기다.[22] 이러함에도 불구하고 대통령이라는 직책에 맞게 무덤을 크게 했다. 어떤 근거로 했는지는 몰라도 국립묘지 입안 당시에 풍수인에게 어떤 자문이 있었다고 생각된다. 이러한 의도라면 개인은 법을 무시하는 한이 있더라도 더 크게 할 것이 아닌가 한다.

참으로 어처구니가 없다. 지금이라도 올바른 혈을 찾아 장사하는 것이 맞지 않는가 한다. 따라서 면적에 대한 중요성이 아니라 위대한 대통령의 후손과 나라를 위해서도 바른 혈을 찾도록 하는 지혜가 되었으면 하는 기다림이다.

---

22 이재영, 『대통령 풍수, 혈로 말하다』 책과 나무, 2022, p.51.

3. 보여 주기

필자가 보기엔 대통령의 무덤은 보여 주기식이다. 왜 그런가 하면 먼저 혈이 없고, 그렇다고 하여 100% 지관·지사가 주관하는 것도 아니고 어중간하며 분명한 것이 없기 때문이다. 완전히 보여 주기식 무덤으로만 보이는 것이 전부다. 무덤 크게 만들기의 경연장이 따로 없다. 그것도 서울 현충원이 으뜸 장소로 선택된다. 후손들의 관리와 남 생각한다고 참배객들의 편리성과 많은 사람의 발길이 첫 번째 선정일 것이다. 한편으론 이해가 되지만 다른 한편으론 헛웃음이 나온다.

무덤이 이래선 곤란하다. 무덤은 혈에 장사해야만 본래의 목적이 되며, 처음이자 마지막으로의 자리이기에 그렇다. 사자(死者)는 살아 있는 사람하고는 다르다. 생자(生者)는 지금 사는 집이 마음에 들지 않으면 이사를 가면 되는데 사자는 이동이 자연스럽지 못하다. 물론 이장이 있다. 하지만 이는 산자처럼 임의로 하는 이사와는 격이 엄청 다르다. 특히 대통령의 무덤은 더더욱 이러한 상황과는 다르게 해석된다.

이것이 보여 주기식 장사가 아닌가 한다. 봉분이 너무 크고 혈이 아니기에 그렇다는 주문이다.

4. 많은 훼손

대통령 묘지는 필요한 부분 이외에도 훼손이 많이 됐다. 상징성 때문으로 훼손을 시킨 것으로 이해된다. 봉분이 크면 발복의 기운을 많이 받을까?

전연 아니다. 여러 차례 밝힌 바 있지만, 혈은 크기가 한정되어 있다. 무작정 크게 이루어진 혈은 없다. 그 크기에 맞추어 봉분이 인위적으로 만들어져야 하는데도 불구하고 마치 경쟁이라도 하듯 묘역을 크게만 만든다. 각 대통령 간의 우열을 가리듯 크게만 이루어져 있다. 이게 사람을 잡는 문제가 된다.

큰 것이 중요한 것이 아니라, 혈의 크기에 맞춘 장사(葬事)가 장사(壯士)다. 왜 그런가 하면 혈은 본연의 임무를 갖고 있기 때문이다. 먼저 그들을 보면 입수와 전순, 양선익과 입혈맥 그리고 그들의 안쪽에 혈이 배치된다. 이들의 할 일은 일일이 정해져 있다. 입수는 혈에다 기운을 내려 주는 역할을 한다. 입혈맥을 통한 조직체다. 즉, 입수 – 입혈맥 – 혈로 전달된다. 다시 입수에서는 양쪽의 선익으로 기운을 분배한다. 선익의 큰 쪽에선 전순이 연결된다. 즉, 입수 – 길이가 긴 선

익 - 전순으로 통한다. 이는 연결체계이다.[23]

이처럼 혈은 구조체로 되어 있다. 이 구조체 속에는 1분합의 원리가 숨어 있고 종선과 횡선의 중심인 혈의 혈심도 있다. 이러한 조직이 있는데도 대통령의 묘지는 상징성을 우선으로 생각하여 법으로 제정되어 있다는 하찮은 평계로 무장된 것을 긍정적으로 생각하고 있다. 올바르게 생각한다면 묘지법이 우선이 아니라 혈이 먼저임을 상기해야 할 것이다.

5. 무개념

장사를 진행할 때 이것도 아니고 저것도 아니면 개념이 없다. 관련된 항별로 대통령 무덤을 관찰해서 보면 이해가 될 것이다. 무덤이 크고, 맥도 없고, 혈증도 구분하지 않고, 제1분합도 없는 장사로 크기만 큰 왕릉같이 되어 버린 것이 대통령의 무덤이다.

이것이 이 나라의 묘지법이고 후손들의 혈적인 풍수 상식

---

23 이러한 편성은 와혈에 해당한다. 와혈은 혈상 전체에서 70%가 넘는다. 이 통계치도 필자의 『혈 인자수지』에서 밝혔다.

이다. 즉, 개념이 없다. 앞 장에서 논한 것처럼 이것도 아니고 저것도 아닌 그야말로 무개념의 풍수 상식이다. 대한민국 학원의 전당인 대학교, 대학원에서 풍수지리학 박사 등으로 학위 장사만 한 것으로 이해가 된다. 이는 전적으로 필자의 생각이다.

게시판의 게시물이 한마디로 황망하다. 최소한 이 자리는 무슨 명당이라는 정도라도 언급이 되었으면 하는 마음이다. 대통령의 내력이 중요한 것이 아니라 풍수적으로 어떤 자리인지 정도는 설명해 주어야 하지 않겠는가? 자리가 좋다면 혈 4상의 이름 정도는 나열해야 올바른 게시물이 될 것이다.

풍수는 미신이랄 수가 있지만, 혈은 미신이 아닌 객관화 된 100% 과학인 학문이기 때문이다. 아니라면 지관·지사[24]를 초청할 필요성이 있을까?

6. 왜 풍수냐

---

24 격이 같은 지관·지사는 없다. 혈을 다루는 지관·지사와 풍수를 다루는 지관·지사는 구분해야 한다. 정혈인과 풍수인은 차이가 있고 다르다.

사람이 나서 생활하다가 노인이 되면 병이 든다. 병이 들면 죽는다. 죽으면 묘지로 들어간다. 지금은 조금 달라졌지만 큰 개념으론 생로병사묘(生老病死墓)다. 그런데 의문을 안 가질 수가 없다. 상주는 왜 풍수 지관을 부를까? 덕을 보고자, 남 보기가 그래서, 장례 절차를 몰라서 등 어떤 문제가 있는지에 대한 물음이 든다는 것이다.

이에 대해 필자는 이렇게 생각한다. 뭔가는 모르겠지만 덕 (德)을 보고자 하는 심정이거나, 아니면 의문이 가기 때문에 지관을 불러 장사를 하게 될 것이다. 달나라·별나라 가는 세 상인데도 불구하고 지관·지사를 불러 장사를 한다는 건 상식 이 아니라는 말에 대한 답변이다. 지관·지사를 불러서 장사를 다루어야만 직성이 풀리기에 부르는 사항이 가장 클 것으로 보인다.

여기에도 문제가 있다. 격이 같은 풍수인가? 아니다. 풍수 를 아는 것이 아니라 혈을 아는 정혈인(正穴人)이 되어야 한다 는 말이다. 혈과 풍수는 하늘과 땅 차이로 풍혈불이(風穴不二) 가 아니다. 용·혈·사·수·향을 달리해 보면 용은 간룡으로, 혈 은 정혈로, 사는 장풍으로, 수는 득수로, 향은 좌향으로 바꾸 어 볼 수가 있다. 최종적인 목적은 혈이고 정혈이다. 하지만 풍수는 4신사인 장풍과 수인 득수로 이 둘은 혈이 아니다. 이 러한 차이가 결국에는 문제를 일으킨다. 따라서 풍수를 전공한 사람인지 정혈을 전공한 사람인지를 구분하는 품격이 선행되어야 이러한 문제가 발생하지 않을 것이며 혈이 해결될 것이다.

7. 빛 좋은 개살구

대통령 묘소를 빨리 보면 때깔이 좋다. 무덤의 봉분이 크고 듬직해서 보는 사람들이 대부분 좋다고 한다. 그러나 하나하나 세밀하게 보면 좋은 것이 없다. 혈은 봉분만큼 큰 것이 없다. 필자의 확인으론 커 봐야 1평 미만으로 대통령의 묘소 크기만큼 크지 않다.

혈이 작은데 봉분이 커지면 문제가 발생한다. 먼저 물길이 흐트러지고, 1분합이 제대로 이루어지는 역할이 무디어진다. 다음은 선익이 덮이므로 이로 인해 선익 본연의 임무가 반감된다. 혈증이 덮이므로 제각각의 역할이 제한을 받는다. 이처럼 제한되거나 반감되면 혈을 도와주고 보필하도록 하는 혈증은 제한을 받아 올바른 혈의 기운이 줄어든다.

따라서 봉분을 크게 하는 것이 아니라 혈의 크기에 맞게 장사해야 하며, 선결 과제로 혈을 찾아 혈이 되는 곳에 장사를 해야만 한다. 편리나 상징성이 먼저가 아니라 혈이 되어야 만 사가 무난하게 해결된다.

8. 지관 · 지사는 왜 부르는가?

서울 국립묘지인 현충원의 선정은 지관·지사인 지창룡 선생의 작품으로 알려져 있다.[25] 대전현충원은 전국의 지관·지사들의 자문으로 이루어졌다.[26] 김대중 대통령과 김영삼 대통령의 장사는 지관·지사의 작품으로 알려져 있다.[27] 왜 지관·지사를 불러 장사를 했는지 궁금하기 짝이 없다. 의문을 가지지 않을 수가 없다는 것이다.

지관·지사의 도움을 받아 장사를 진행한다면 풍수의 자문으로 진행해야 올바른 장사가 되는 것이 아닌가 한다. 그런데 문제가 크다. 이것도 아니고 저것도 아닌 어중간한 문제가 됐다. 가족의 논리인 대통령의 묘지에 관한 법률에 따른 방법이 있고, 지관의 논리가 있을 것이다. 두 가지는 합일보단 상충

25　이승만 대통령 당시 지창룡 선생이 현충원으로 낙점한 바 있다고 한다.
26　전두환 대통령이 전국에 있는 지관·지사들의 자문받아 지정했다고 한다.
27　영남대학교 환경대학원 세미나 발표 당시 황영웅 교수가 장사한 바 있다.

한다.

첫째로 묘역의 크기다. 법에는 80평으로, 혈증은 10평 미만이다. 두 번째는 봉분으로 대통령의 묘역은 10배가, 혈의 봉분은 1평 미만이다. 세 번째는 형질의 변경으로 대통령의 묘소는 100% 형질이 변경된다. 이에 비해 혈은 100% 수작업으로 형질의 변경이 극히 제한된다. 네 번째는 대통령의 묘역은 혈이 아닌 곳인데, 개인의 묘지는 혈을 다룬다. 다섯 번째는 혈장의 의미가 없으므로 손상 자체를 다룰 필요가 없지만, 개인 묘지는 혈증의 손상 여부를 중요하게 다루고 있다. 여섯 번째는 대통령은 상징성이 강한데, 개인 묘지는 혈과 혈증을 다루고 있다. 이처럼 차이가 있는데, 이에 대해 대통령의 묘지는 혈과 분묘에 의한 법령을 다루는 형태가 되어 상호 충돌된다.

따라서 지관·지사의 논리대로 가는 문제와 묘지법에 의한 문제로 가는 방법의 어중간한 문제가 있으므로 하나의 방법으로 가야 한다. 만약 법령대로 간다면 지관·지사는 불러 봐도 의미가 없다. 반대로 지관·지사로 간다면 묘역의 크기, 봉분, 형질 변경, 혈의 여부, 혈장 손상, 상징성과 혈 등의 문제가 해결될 것이다.

즉, 하나로 가야지 두 가지를 병행하게 되면 두 마리의 토끼를 한꺼번에 잡을 수는 없다. 토끼 두 마리가 아니라 한 마

대통령 무덤과 별장으로 보는 풍수 穴 이야기

리도 잡지 못하게 되는바, 욕심을 버리고 한 가지를 선택하는
지혜를 가져야 할 것이리란 교훈이 이를 가르쳐 준다.

V

채명신 장군

장을 달리해 채명신 장군에 대한 내력을 언급하는 이유가 있다. 첫째는 존엄성이다. 자기 목숨이 중하지 않다는 사람은 없을 것이다. 6·25와 월남전을 그 예로 들 수 있다. 숱한 싸움에서 백전백승을 한 장군이다. 좋은 자리가 아니라 최일선의 전쟁터에서 군 생활 평생을 보낸 야전 사령관이다. 둘째는 군을 사랑하는 애군(愛軍)의 정신으로 나라에 충성하는 장군이야말로 참장군의 모습이다. 셋째는 사랑이다. 부하들의 진 고생을 본인처럼 생각하는 군인 정신이다. 넷째는 군기다. 전란을 통한 정신이야말로 군 전체에 대한 기운이다. 다섯째는 죽어서도 부하들과 같은 사병 묘역에 잠들어 있다. 장군 묘역이 별도로 있음에도 불구하고 사병 제2묘역에 잠들어 있다.

이러한 장군이야말로 타의 모범이 안 될 수가 없다. 특히 지금 세상에서 아주 특별한 귀감이 되는 장군이다. 80여 평이나 되는 대통령의 묘역처럼 우리의 지금 세대에 누구의 추종을 불허한다. 이러한 점에 대해 느낀 바 있어 별도의 새로운 장을 만들어 어필하고자 한 것이다. 독자들의 이해가 필요로 할 것이다.

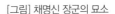

[그림] 채명신 장군의 묘소

채명신 장군은 장군으로 국립묘지 장군 묘역에 들어갈 수 있는 사람이지만 사진과 같이 사병 제2묘역에 잠들어 있다.

사명감이 투철한 장군으로 여러 말이 필요 없는 참군인이다. 장군 묘역은 8평이지만 사병 묘역의 범위는 1평이며 대통령의 묘역은 80평이다. 죽은 사람의 직책에 따라 차이가 크다. 법이 이러니 법(法)을 따라가야 한다는 대원칙은 맞다.

法은 氵와 去다. 물이 가는 것이 법이다. 물은 거슬러 가거나, 올라가거나, 옆으로도 갈 수가 없다. 아주 단순하게도 아래(下)로만 가는 것이 물이다. 오직 한길로만 가는 것이 물이고, 높은 곳에서 낮은 곳으로만 갈 수 있다. 이것이 법이다. 물의 특성이 이러한데 法을 사람이 만들어 놓았다. 누구는 1평이고, 어떤 자는 8평이고, 높은 자는 80평이다. 많이도 잘못 계산되어 억지가 된 것이 法이다.

이러함에도 불구하고 채명신은 1평에 들어간 장군이다. 큰 것을 버리고 작은 면적으로, 사병들과 같은 면적으로, 살아서나 죽어서도 '작은 것이 아름답다'는 명문을 남기고 떠난 3성 장군이 아닐 수가 없다. 그의 행적은 더 아름답다. 살아도 애국, 죽어도 애국하는 장군은 불후의 채명신 명장이다.[28]

채명신 장군의 군 생활 일대기는 참으로 훌륭하다. 장군이 군대 생활을 하면서 전무후무한 기록이 3가지 있다. 첫 번째는 전투 경험이 가장 많고 긴 일수를 가진 장군이다. 6·25라

---

28 박경석, 『불후의 명장 채명신』 팔복원, 2014, p.187.

고 하는 전쟁과 월남 전투와 게릴라 전투다. 기록이 거짓이라면 몰라도 '박경석'이라는 저자의 논리대로라면 여러 차례의 전쟁이라는 기록만 보더라도 인정이 된다. 숱한 죽을 고비를 넘긴 장군의 경력은 전무후무하다.

두 번째는 28개의 훈장 기록이 있다. 군인의 최고 훈장이라는 태극무공훈장을 비롯한 을지무궁훈장, 충무무공훈장, 화랑무공훈장 등을 수여받은 바 있다. 특히 태극무공훈장은 죽은 군인이 받는 것이 일반적인데 장군은 군 생활 중에 받은 바 있다.

세 번째는 공비토벌, 6·25전쟁, 월남전 등을 통해 전승을 기록한 유일한 장군이다. 이러한 공훈을 가진 장군이야말로 자타를 구분해 보아도 그 이름만큼이나 아름다운 대단한 인물이다.[29] 재구대대[30]의 명명, 월남전에서의 새로운 병법 개발 등 공적이 이루 말할 수 없다. 그러함에도 대장 승진을 앞두고도 일언반구 없이 예편된 참군인이 채명신 장군이다. 한편으론 백선엽 장군의 명예 원수에 대한 반대 운동[31]에도 일조를 한 것으로 이해되고 있다.

---

29 박경석, 『불후의 명장 채명신』 팔복원, 2014, p.436.

30 강재구 소령의 이름을 따서 '재구대대'로 명명됐다.

31 박경석, 『불후의 명장 채명신』 팔복원, 2014, pp.459-463. 백선엽은 만주국 간도 특설대의 육군 중위 출신으로 독립군을 소탕하는 임무를 수행했다는 기록이 장식되어 있다.

이처럼 투철한 군인 정신에 의한 언행은 군인들에게 모범이 된 사례가 많을 뿐만 아니라 일반 국민들에게도 추앙을 받고 있었다. 하물며 시중의 객담이 "채명신은 대통령감이야.", "박정희 다음은 채명신이야."라는 말들로 자자했다. 월남에서 귀국과 동시에 2군사령관의 직책으로 임무를 완수하면서도 누군가에 의한 견제는 항상 존재하는 것이 정치가 아닌가 한다. 종국에는 3성 장군에서 군복을 벗고 외국으로의 원치 않는 대사 생활의 연속이었다.[32]

이러한 말로 속에 귀국하여 얼마의 세월이 지난 다음 운명을 했다. 생을 마감하면서까지 1평짜리 사병 묘역에 묻혔다. 채움보다 비움의 미학이다. 참으로 애석하고 안타까운 마음이 앞을 가린다. 이 장군이야말로 참장군이 아닌가 한다.

대통령 묘지는 상징성에서 앞장선 느낌이 강하다. 대통령 묘지의 큰 규모는 과거의 일이다. 권위적인 얼굴을 내세우는 시대는 지났다. 담장을 허물고 주변과 소통하려고 노력하고 있다. 명제는 세월에 따라가야 한다. 상징적인 대학교의 정문도 일반적으로 거창하지 않다.[33] 시대가 변했다. 죽은 사람이 살아생전의 계급으로 무덤 크기를 산정하는 구시대적인 폐

---

32 정치적인 견제 속에 군 생활의 종말이 된 것으로 이해된다.
33 정태종·안대환·엄준식, 『말을 거는 건축』 한겨레출판, 2022, p.174. 서울시립대학교의 정문은 너무나 일반적으로, 접근하기가 무난하다.

습은 버려야 할 것이다. 이가 채명신이다. 앞으로도 이러한
장군이 나타날까?

VI

결론

기업에서 사용하는 용어로 1:10:100의 원칙[34]인 타이밍 문제가 발생한다. 빨리 손보지 않으면 10배, 100배의 손실이 발생한다는 경제의 원칙으로, 혈이 아니면 마찬가지로 손해가 난다는 이치다. 혈이 아닌 곳에 장사를 지내면 잘못될 것인지에 대한 이론이다. 혈이 아닌 일정한 곳에서의 장사는 기운에 있어서 의미가 없다는 말이다. 혈이 되는 곳과 혈이 되지 못한 곳과의 비교는 상당히 의미가 있음을 강조한 것이다.

---

34 미국 항공회사의 품질관리 경영의 이론으로 작은 부품의 수리를 방치하면 10의 손실이, 10의 수리를 방치하면 100의 손실이 따른다는 논리이다. 이를 응용하여 필자는 혈이 아니면 그에 따른 후손이 입는 피해의 정도는 크다는 이론을 절대적으로 주장한다. 혈의 중요성을 강조한 이론으로, 혈이 중요함을 거듭 강조한 것이다.

한편으론 1:29:300의 법칙이 있다.[35] 잦은 사고가 있다면 큰 사고가 따른다는 법칙으로, 혈증의 혈이 이러한 법칙과도 아주 유사하게 다루어지는 이유다. 1:10:100이나 1:29:300의 두 법칙에서 앞은 비용 차원에서, 뒤는 사고 차원에서 공통점은 1이다. 1을 한번 돌려서 생각해 보면 1은 곧 혈을 연상시키게 된다.

이러한 뜻에서 풍수 고전인 『인자수지』의 혈 4악이나, 지금의 5악이나, 필자의 6악, 자연에서의 6악이 이를 증명하는 것이다. 필자가 강하게 주장하는 이유가 바로 여기에 함축되어 있고 저장된 것이다.

- 맥이 있는 곳에 묘지를 사용한 대통령은 이승만·윤보선· 김영삼 대통령이며, 박정희·최규하·김대중 대통령의 묘지는 측면 혹은 맥이 없는 곳에 있다.
- 혈이 있는 묘소는 김영삼 대통령이 유일하며 창빈안씨도 혈을 가진 묘소다.
- 김영삼 대통령의 묘와 창빈안씨의 묘는 S 코스로 진입하는 입수의 모양으로 이루어져 있다.

---

35 하인리히의 법칙으로 사고가 따르면 조심을 하여 이를 예방하는 목적이 있다. 시라토리 케이, 『세상의 모든 법칙』, 포레스트북스, 2022, p.235.

- 현충원 안 장군 제1묘역에 혈증이 있는 곳이 한 군데 있다. 혈증들인 1j·2선·3성·4상·5순·6악·7다·8요·9수 등으로 일부 10장도 확인된다.
- 봉분의 규모가 크다. 혈의 개념이 없다. 혈은 크기가 어느 정도 정해져 있는데 이러한 지식에 대해서는 의미가 전연 없고 상징적인 의미만 부여되어 있다. 필자가 1평 정도의 크기라고 주장한 바 있다.
- 상징성과 혈은 다르게 해석된다. 묘소가 전통적인 풍수의 의미가 있다는 논리는 빨리 잠재워야 한다. 병사는 1평, 장군은 8평, 대통령은 80평 되는 규모의 문제와 혈의 크기가 일치한다는 것은 눈 가리고 아웅 하는 논리로 이율배반적인 엄청난 구시대적 사고다. 특히나 자리를 찾는다는 명분은 엄청나게 큰 데에 비해 혈은 온데간데없는 허구다.
- 사후 관리를 하는 진입로의 문제가 차이다. 김영삼 대통령의 묘소는 선룡이 좌선으로 우선 쪽인 주차장에서 올라가는 것이 아주 자연스럽다. 이에 비해 창빈안씨의 묘는 선룡이 좌선인데 지금의 진입로가 왼쪽에 있다. 이러한 진입로는 잘못된 것으로 우측으로 바꾸어야 한다. 그래야만 불필요한 훼손이 반감된다. 국가기관이나 문중에서 기회가 된다면 진입로의 문제를 새롭게 다루면 좋

을 것이다. 우측으로 변경하면 포장된 대로에서도 쉽게 접근할 수 있는 조건으로 일석이조(一石二鳥)의 효과가 있을 것으로 기대한다.

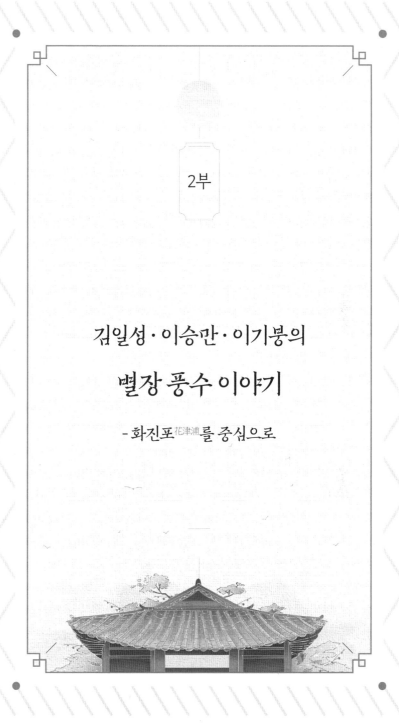

2부

김일성·이승만·이기붕의
별장 풍수 이야기

- 화진포花津浦를 중심으로

신문에 '세계 최초 풍수를 스마트 밴드에 담았다.'라고 하는 광고 기사를 보고 느낀 점이 있어 소개를 올린다. 내용은 지리 정보인 GPS를 활용한 길흉(吉凶)을 소개한 정보다. 비즈니스 상담 장소, 골프 명당, 안전한 장소, 불길해 좋지 못한 장소, 연인들의 연애 장소, 낚시 잘되는 장소, 공부 성적이 잘 오르는 곳 등 풍수를 보는 최고의 기술이 소개되었다.[36]

땅에도 저마다의 명당이 있다. 농사에는 물이 필요한 땅이 제격일 것이고, 초지에는 평지가, 등산에는 경사가, 운동선수에겐 운동장이 있어야 하는 것처럼 그러한 곳이 명당이다. 집도 같은 논리로 적격이 있어야 할 것이다.

별장도 마찬가지로 별장다운 기운이 필요하다. 물은 고요하되 흘러야 하고, 산은 경사가 있어야 하지만 쉴 만한 평탄지가 있어야 하듯 건물은 지표면에 황금비율이나 금강비율에 맞게 지어야 하는 것이 삶의 바른 상식이다. 이러한 차원에서 별장다운 별장이 어딘지를 찾는 연구가 필요하게 되었다. 화진포 호수에 위치한 권력자들의 별장이 새롭기만 하다.

---

36 동아일보, 「제31335호」, 2022년 5월 30일 B8, 마이지존.

|

별장의 이해

조선 시대에는 별장의 이름을 대신해서 별서(別墅)·별저(別邸)·별업(別業)·별제(別第) 등으로 불렸으며 또는 별원(別院)[37]으로도 불렸다. 별서는 촌서·향서·농서라고도 약간 다르게 주장됐다.[38] 조선 시대 소쇄원의 별서정원은 대단히 유명하므로 조경 차원에서도 한번 정도 다녀 보는 것도 유익할 것이다.[39] 별서는 주인장의 의견에 따라 별택에 당(堂)·정(亭)·재(齋)·와(窩)·정사(精舍)·여(廬)·전(廛)·암(庵) 등의 글자를 넣어서 당호(堂號)를 짓기도 했지만 ○○정이란 집의 호가 가장 선

---

37 김종길, 『한국정원기행』 미래의 창, 2020, p.19.
38 위의 책, p.60.
39 오경아, 『정원의 기억』 궁리출판, 2022. p.213.

호된 것으로 나타난다. 간간이 ○○당이나 ○○징사란 명칭이 붙기도 했다.

근대의 별장은 집 주변에 설치하여 간접적인 역할이 이루어지기도 했지만, 지금의 별장은 먼 거리에 위치하며 완전히 이격된 각각의 집으로 제2의 집이라는 개념이 더 강하다. 초창기에는 벼슬아치들이 고향으로 돌아가 귀향을 하면서 살다가 간단한 정자나 별서를 지으면서 후학들을 위하거나 은둔과 은일, 자연을 좋아하고, 즐거운 생활을 하기 위해 제2의 집인 별장으로 만들어진 경우가 많았다.[40] 고산 윤선도는 보길도 낙서재의 자리를 잡을 때 풍수를 마음 내키는 대로 여유를 가지며 발휘하기도 했다.[41]

주택과 별장은 왕복 운동을 하는 건물 간의 집주 공간이다. 별장이란 이름은 상당히 좋은 어휘로 긍정적으로 생각하면 한없이 좋기도 하지만 물가에 설치해 휴양의 목적이 강하기도 한 건물이다. 부정적으로 보면 녹명(鹿鳴)[42]의 울음소리가

---

40 김종길, 『한국정원기행』 미래의 창, 2020, p.18. 최치원이 합포현(지금 창원시 합포구)에 별서를 짓고 살았다고 하는 내용을 재정리.

41 김종길, 『한국정원기행』 미래의 창, 2020, p.45.

42 『시경(詩經)』에 나오는 명사로 사슴이 운다는 말이다. 우는 목적은 배가 고픈 사슴이 먹이를 발견하고는 배가 고픈 사슴들을 부르는 울음소리다. 먹이를 발견한 사슴이 혼자 먹고 감추는 것이 아니라 배고픈 무리에게 소식을 전하는 울음소리로 고등동물이라는 사람들에게 귀감이 되는 어휘다. 우리 인간들도 이러한 녹명의 소리가 나야만 올바른 사회가 형성되리라 본다. 부자는 베풂을, 귀자는 배려를 할

생각나기도 한다. 별장은 유별나고 한 차원 높은 사람들의 소유물이기 때문이다.

그러나 먹고살기 힘든 시대의 별장은 일반 국민과는 거리가 너무나 원격하다. 권력으로 혹은 돈으로 해결되어야 가능한 제2의 집이 별장이다. 권력이 출중하든지, 아니면 돈이 많은 부자만 별장의 소유자가 된다.

화진포에 있는 3개의 별장 소유자는 누구인가. 권력의 서열이 일등 아니면 이등이다. 남한에서나 북한에서나 권력의 위력은 치를 떨 만큼 대단하다. 이들의 권력이 별장을 가진 주인공들의 주역이다. 휴양의 목적이 있다곤 하지만 찰나 정도 생각해 보는 시간이 되었으면 한다. 마음이 복잡하기도 하고 착잡하다.

1. 2의 집

별장(別莊)의 뜻은 본집 이외의 두 번째 집이다. 별은 집을 나누어 가지는 것으로서 집과 집을 의미하는 것으로 이해되

—

줄 아는 행복한 마음이 녹명이다.

며, 상은 '풀이 가지런할 장'으로 잘 정돈된 집을 암시한다. 일
반적으로 그럴듯하게 꾸미기도 하지만 본래의 취지는 자연
그대로의 환경이 지배적인 것으로 생각된다.

그러나 요즈음은 웅장하고 값비싼 제2의 부동산 투자의 산
물로 흐르는 경향이 강하다. 경기도 양평의 북한강 일원이 그
렇다. 돈 많고 귀한 자들의 공통된 의견이 이를 허용한다. 하
지만 필자의 생각은 조금 빗나간다. 큰 것이 아닌 아주 작은
것을 소망하고 있어 이들의 개념과는 차이가 난다. 나중에 본
문에서 일부가 밝혀질 것이다.[43]

2. 정원

요즈음 별장의 나무들은 인위적인 수종으로 심어진 것이
많다. 특히 가격이 대단한 수종부터 희귀한 나무들이 판치는
세상이다. 값이 대단해 마치 나무들의 경연장이 된 듯한 시대
가 도래한 것으로도 이해된다.

물론 국민소득 2만 불에서 3만 불은 웰빙(Well-being)의 시

---

43 산천에서의 힘의 기운은 큰 것이 아니라 아주 작다. 즉, 혈의 크기는 1평 이하다.

대라 할 만큼 건강과 행복을 찾곤 한다. 더군다나 3만 불이 넘어서면 가드닝(garden-ing)이라 해서 나무를 심고 감상하는 시대가 온다. 하지만 이는 정도상의 문제가 아닌가 한다. 즐기고 땀 흘려 건강한 행복이 되도록 하는 정원이 반드시 되어야 할 것이다.

3. 인지상정(人之常情)

집은 직장과 근접한 곳에 있어야 하지만, 별장은 원거리에서의 휴양을 목적으로 두는 경우이므로 멀어야 좋다. 처가와 화장실은 멀리 떨어져야 좋다고 한다. 별장도 마찬가지로 거리가 있고 오고 가는 동안 수고가 따라야만 별장의 값어치가 있고 의미가 있다고 본다. 장거리로 힘이 들면 수고가 덜 들어가는 것을 이해하는 이치가 있다. 추우면 추워 봐야 알고, 더우면 더위를 당해 봐야 알듯이 경험을 해 봐야 안다. 현대 정주영 회장의 "임자 한번 해 봐서" 하는 어록이 짐작된다. 거리나 추위나 더움을 당해 보아야 안다는 말이다.

춥다고 웅크리고 있으면 더 추워지는 것이 일반적이다. 추우면 더운 것을, 더우면 추운 것을 알고, 시장하면 배부른 것을 알고, 힘들면 쉬운 것을 아는 것이 인지상정(人之常情)이다. 별장은 멀어야 제값이 부담된다. 따라서 1인자들의 별장은 거리가 있다. 서울에서, 평양에서 거리가 한참이다. 많은 시간이 걸리지만 이를 무시하고 여건이 어려운 오지에다 별장을 지은 것은 여러 가지를 생각하게 한다.

II

해석에 따른 어휘 이해

　권력자의 별장에 대한 어휘는 그렇게 어렵지는 않다. 다만 특정 소수인들이 이해하는 풍수적인 용어가 있어 일반인의 입장에서 다소 난해한 부분도 있다고 볼 수 있으므로 이에 대한 설명을 달았다. 하지만 부동산이나 집 등 별장을 선택하는 매개자는 여러 매체를 통해 한두 번 읽어 봄직한 용어들이므로 무난하게 이해되리라 생각한다.

1.　요산요수의 정중동

　요산요수(樂山樂水)는 자칫 락산락수로 읽기 쉽지만 요산요수로 읽어야 한다. 산과 물을 보는데 즐거운 것이 아니라 좋은 산, 좋은 물로의 의미가 강하기 때문에 요산요수로 이해해야만 제대로 된 해석이 된다.

화진포라는 곳에 가서 산과 물을 보면 편안하고 고요한 생각에 잠긴다. 은은하게 즐거운 것보다 산을, 물을 좋아하게 된다. 한강 물이나 장마 때의 계곡물과는 다른 느낌이다. 화진포는 흐르는 물이지만 정지한 물처럼 보인다. 동해안과 호수의 경사율이 완만해 동등하게 느껴져 우열을 구분하기가 쉽지 않다. 길한 물은 흐르는데 정지한 듯, 정지하는데 흐르는 듯한 물이 가장 좋은 형태다. 정중동(靜中動)의 물이 화진포다.

2. 혈

풍수지리의 핵심은 혈이다. 혈은 묘지나 주택에서도 중앙·중심에 있다. 혈을 떠난 풍수는 있을 수가 없다. 풍수에는 5요소가 있다. 약칭하여 용·혈·사·수·향이라 설명되곤 하는 용어가 이들이다. 용(龍)은 산을 치환해서 사용한 것으로 맥(脈)과도 의미가 상통되기도 하며, 사(砂)는 전후좌우에 있는 산을 의미하여 4신(神)이라 하며, 수(水)는 화진포처럼 길한 물을 의미한다.

물의 여부를 판가름하여 길흉을 묻곤 하는 것이 풍수의 제1원칙으로, 가장 먼저 찾아보는 것이 물이다. 향(向)은 바라보는 방향에 대한 논리로 자연향이 풍수에선 왕도다. 방향이 좋은지 그른지를 논하는 논리로 앞에 있는 산의 여부로 많이들 말한다. 이러한 차원에서 혈을 무시한 용·사·수·향은 올바른 처방의 백신이 아니다.

3. 입정불입실

입정불입실(入庭不入室)은 혈과 유사한 말이다. 꼭 구분한다면 혈은 묘지에서 사용하는 용어로, 입정불입실은 집에서 통용되는 것으로 이해하면 좋을 것이다.

입정은 남의 집 정원에 들어가는 것으로 긍정적인 말이다. 이에 비해 불입실은 부정적인 말로 방에는 들어가지 못하는 말이다. 긴요한 말은 집이 아니라 방에서 이루어져야 한다. 돈을 빌려줄 때는 방 안에서 주지만 돈을 받을 때는 집 안이 아닌 밖의 정원에서 받는 논리이다.

혈의 정중앙 개념이지만 중심에서 약간 벗어난 논리로 보는 경향이 있다. 집 자리를 바르게 잡고 건물을 짓는다면 입정입실이 되어야 하는데 정확하게 혈 자리에 집어 놓는다는 것이 쉬운 것은 아니기 때문이다. 따라서 별장을 건축한다고 해도 입정입실의 의미를 알고 접근해야 실패를 줄일 수 있을 것이다.

4. 4신

4신(神)은 집을 중심으로 전·후·좌·우측에 있는 산을 의미한다. 산의 생김새가 좋은가의 여부를 판단하여 혈의 가치를 가늠한다. 4신의 중앙에는 집이 되어야 하는 것이 풍수상의 논리다.[44] 이들 4산(山)은 조화와 균형을 이루어야 하며 아기를 안듯 안아 주는 형상이 길한 산이 된다. 이에 대해 필자는 울타리를 강조한다.

---

44 4신과 4산은 차이가 있다. 4신은 청룡·백호·주작·상무로, 4산은 전후좌우에 있는 산이다. 4신은 중앙에 집이나 묘지가 혈로 단정되어야 하는 데 비해 4산은 혈의 개념과는 차이가 있다. 따라서 음택인 묘지에서는 혈이 되어야 하지만 양택인 집에서는 혈보다는 4산의 개념으로 접근해야 한다. 이것이 가장 큰 차이점이 되는 요소다.

이를 감추기 위해 나무 등을 심는 경우나 자연림을 보전하는 경향이 있으며 8대 명당은 4산을 기준으로 분석되곤 했다. 하지만 유심히 관찰해야 분명한 해석이 되는 아주 중요한 요소들이다.

5. 자연향

바라보는 향은 3가지가 있다. 내려가는 산을 기준으로 집 자리를 잡는 자연향이 있고, 집의 자리를 전·후·좌·우로 움직여 향을 하는 상대향이 있다. 남쪽이나 동쪽 방향의 태양을 중시하는 향이 절대향이다. 풍수에서는 자연향이 가장 적절하다. 땅의 기운인 지기를 받기 위해서는 내려오는 산줄기에서 자리를 찾는 현명한 지혜가 있어야 가능하다. 기운의 전달경로는 산의 능선인지, 계곡인지, 측산인지를 생각하면 이해가 될 것이다.

필자가 관산 활동을 하면서 학인들에게 자주 하는 질문이 있다. 풍수가 살아 있다면, 산에 기운이 있다면 어느 곳으로 전달되는지를 묻는다. 풍수 문외한인 어린 학생들에게도 자주 질문을 하면 금방 이해를 하면서 대답이 이루어진다. 능선을 통해 기운이 전달된다고 10인 중 9명은 답한다.

이러함에도 현장에선 집의 방향을 돌려놓고 건축하는 사람
이 부지기수다. 하물며 아무 곳에나 집을 지어서 살아가곤 하
는데, 이것은 풍수 차원을 떠난 무지의 학술과학이다. 풍수의
기본은 기운의 전달 경로가 있어야 집 자리가 되는 원리다.

6. 물(水)

고기가 잘 잡히는 곳에 가면 표현하는 말이 있다. 물 반, 고
기 반이라는 말이다. 화진포가 그렇다. 화진포의 주변을 둘러
봐도 절반 이상이 산과 물이며 연접하여 동해(東海)가 있다.
이처럼 물이 대부분이지만 많게 느끼지는 못한다. 잔잔하고
흐르는 것 같지가 않기 때문에 화진포에 있는 물은 좋게 느껴
진다.

풍수적으로 물은 수관재물의 대명사다. 특히 풍수에서는
물을 돈으로 완전히 100% 치부한다. 논바닥이 거북이 등처
럼 갈라져 가뭄 때 논에 물이 들어오는 물소리는 가만히 있어
도 배가 부른 부자다. 필자의 가족은 조경을 한다. 나무를 심
고 물 주는 노력은 차마 말로 다 표현할 수가 없다. 가물어 나

무가 고사되기 직전까지 물과의 사투를 벌여야 한다. 이때의 단비는 비의 고마움을 아는 사람만 안다. 인도의 기우제 생각이 뇌리에 뜬다. 비가 올 때까지 기우(祈雨)를 비는 것이다.

하나만 더 말을 해야 될 것 같다. 금년처럼 대형 산불이 발생한 적이 간간이 있었다. 금년은 6월인데도 산불은 잦아들지 않고 있다. 헬기를 동원하고, 진화대를 동원하지만 속수무책이 따로 없다. 해결책은 비다. 이때 비(水)의 위력은 말로 표현이 어렵다. 수관재물의 본 말이 이 말이다.

풍수로 인해 큰 것을 단번에 얻어지리라 하는 자세는 버려야 한다. 마른 논에 물 들어가는 소리, 산불 시의 비, 타는 나무에 물 주기, 갈마 음수가 따로 없다. 목마른 사람은 샘을 판다. 파야만 생명이 연장된다. 재물이 따로 있는 것이 아니라 소득(小德)을 이해하면 풍수도, 부자도 절로 해결이 된다.

7. 배산임수

배산임수(背山臨水)는 집을 짓고 이사를 오갈 때 가장 관심을 두는 내용이다. 먼저 산의 여부를 따지고, 그다음에는 물의 길흉 여부를 따지는 것이 이 말이다. 산은 능선을 타고 올

라가는 산이 아니라 내려가는 산줄기가 되어야 하며, 집을 짓
되 능선에 맞추어서 좌향을 하여야 한다. 그다음은 자연스럽
게 물을 다스리면 된다. 이 물이 임수다.

아무리 임수가 된다고 한들 배산이 아니거나 틀어지면 의
미가 축소된다. 측산이 되는 경우나 능선을 벗어난 배산은 아
니다. 배산은 능선이 첫 번째가 되어야 올바른 곳(串)[45]이 된
다. 곳이 어긋나면 임수의 의미는 퇴색되는 것이 풍수다. 이
는 풍수 이전에 과학이다. 등이 없는 의자나, 건물의 뒤가 꺼
진 땅은 불안하다. 경매로 산 땅은 경매로 다시 나갈 가능성
이 높다는 것은 경매 철학이다. 땅을 보는 지혜가 살아 있어
야 할 것이다.

8. 경사

경사는 조금 복잡한데 보는 방법은 경사각 경사율 d/h비 등
으로 구분된다. 경사각은 d/h비에 대한 각도이며 경사율은 경

---

45 串은 제사상 때의 꼬챙이이다. 바른 꼬챙이가 아니면 어긋나서 사용이 어렵다. 마
    찬가지로 배산에 의한 임수가 되어야 올바른 배산임수가 되는 것이다.

사에 대한 백분율이다. d/h비는 높이(h)에 대한 거리(d)이다.

d/h비 1:1에 대한 경사각은 45°이며 경사율은 100%이며, 1:2에 대한 경사각은 27°이며 경사율은 50%이며, 1:3에 대한 경사각은 18°이며 경사율은 33%이며, 1:4에 대한 경사각은 14°이며 경사율은 25%이며, 1:5에 대한 경사각은 12°이며 경사율은 20%이다.

현장에서 이를 기억하고 있으면서 임의로 막대기를 활용하여 측정하면 경사는 자연스럽게 해결된다. 먼저 막대기를 곧게 세운 다음, 다른 임의의 막대기로 수평을 맞추면 된다. 세운 막대기로 수평의 막대기를 나누어 1:1, 1:2, 1:3, 1:4, 1:5 하는 방법으로 계산하면 경사각과 경사율이 측정된다.

9. 선룡

선룡(旋龍)은 능선의 발달이 한쪽의 힘으로 진행되는 것을 의미한다. 능선을 2분의 1로 나누어 놓고 보면 이해가 될 것이다. 반쪽의 힘이 내려가면서 왼쪽이나 오른쪽의 능선으로 진행되는 것이 있는데, 이 기운의 형태가 선룡이라 한다. 선룡은 편맥으로 움직인다. 이는 자연의 질서다. 좌선인지, 우선인지를 구분하는 것이 산을 보는 관건이다.

등산을 하면서도 2분의 2 전체의 힘으로 산은 진행되지 않는다. 산은 규칙이 있다는 말이 이 논리이다. 선룡을 판단하는 능력이 있다는 것은 산을 보는 지혜가 상당한 경지에 도달했다고 평하기도 한다. 따라서 선룡의 이해가 있어야 대통령의 별장을 분석하는 데 도움이 될 것이다.

10. 형국

형국(形局)이란 말은 전 영역에서 사용된다. 정치권, 인사, 예술, 경제 사회, 일반 등에서 어떤 '형국이다'라고 하면서 상식적이면서도 일반적으로 사용되고 있다. 의미는 다 조금씩 다르다지만 논리상 해석은 거의 같다.

화진포는 빗물로 이루어진 호수다. 물은 풍수 형국이 산 다음으로 많다. 형국은 산의 형태를 보고 어떤 동물이나 식물 혹은 글자로 변형시켜 일컬어지는 것을 말한다. 이곳에는 물이 많으므로 물 형국에 대해서 이해하는 것이 좋을 듯하다.

예를 들어 보면 봉화 청암정의 금계가 알을 품고 있는 금계포란형, 논산 명재 고택의 아름다운 선녀가 비파를 타는 옥녀

탄금형, 용이나 말이 하늘로 올라간다는 용마등공형, 야(也)
자 형국, 용(用) 자 형국 등 여러 가지가 있으나 물에 관한 형
국인 갈마음수형국은 목마른 말이 물을 먹으러 들어가는 풍
수적 형국을 말한다.[46] 연화부수형국은 물 위에 연이 떠 있는
모습을 풍수로 나타낸 형태를 말하는 것으로 이러한 형국은
길상으로 표현된다. 이곳 화진포도 여러 가지 형국으로 논해
도 좋을 것으로 판단된다.

다만 아무리 출중한 좋은 형국이라 할지라도 혈증을 가진
형태라야 올바른 형국의 이름이 될 수 있다. 혈증이 없다면
가혈의 형국으로 의미가 없는 것이다. 청룡과 백호란 말도 같
은 의미로 혈이 있어야 한다. 그 중심에 혈이 있어야 청룡이
나 백호란 단어를 사용할 수 있다는 말이다. 청룡 백호를 임
의로 생각 없이, 가감 없이 함부로 사용해서는 곤란하다.

11. 기운

기(氣)는 여러 가지 의미로 부과된다. 천기(天氣), 지기(地

---

46 고재희, 『손감묘길』참조.

氣), 인기(人氣), 곡기(穀氣), 분위기(雰圍氣), 군기(軍氣), 사기(士氣), 기차(氣車), 감기(感氣), 탁기(濁氣), 정기(精氣), 수기(水氣), 생기(生氣), 산기(散氣), 기감(氣感), 운기(運氣), 기운(氣運) 등은 기(氣)의 어휘가 '기운, 기'로 이루어져 있다. 이처럼 기에 대한 의미는 여러 각도에서 사용되고 있다.

곡기는 사람이 곡식을 먹어 그 기운으로 일상생활을 하게 된다. 땅에는 지기가 있다. 지기를 받고 사는 사람은 받지 못한 사람보다 유리할 것이다. 자연에 기운이 없으면 몰라도 있다면 어떤 경로를 통해서 전달되는지를 이해한다면 풍수의 상식이 향상될 뿐만 아니라 별장이나 주택을 건축함에 따라 더 좋은 조건의 자리가 될 것이란 희망적인 논리다.

한편으론 지금까지의 풍수가 오래도록 생존해 있다는 사실은 기운의 의미가 될 것이다. 그것이 아니라면 고려, 신라, 조선 등 수천 년 동안 지나오면서 지금까지도, 미래도 풍수지리가 생존해 있고, 또한 있을 것이란 미래가 있다고 보지 않는다면, 이 자체가 이상한 것이다.

실제로 현장에는 혈증인 6악이 있고 6악이 있는 데는 기운이 있음을 필자의 졸저『혈 인자수지』,『대통령 풍수, 혈로 말하다』,『혈증십관십서』을 통해 이미 출판한 바 있다. 이 과정에서 유명인과 역대 대통령의 생가와 조상 묘지에 대한 분석을 상세하면서도 객관적으로 기록하여 여러 경로를 통해

알렸다. 따라서 이상과 같은 논리로 볼 때 풍수의 혈은 과학이다.

물론 일부 미신으로 치부해 좋지 않게 평가하는 경향도 없지는 않다. 하지만 현장에서나 혈증인 6악에 대한 자연의 이치를 놓고 볼 때 혈은 기운으로 대변(代辯)되며 아주 규칙적이고 100% 과학적인 학문이다.

12. 관성의 법칙

관성에는 운동 관성과 정지 관성이 있다. 운동 관성은 운동을 연속적인 방법으로 계속하는 습관성의 힘의 관성이다. 정지 관성은 멈추고자 하는 관성이다. 버스를 예로 들어 보았을 때, 운행 중에 브레이크를 밟으면 버스 안에 있는 사람은 앞으로 넘어지는 현상이 운동 관성이다. 출발 시에 급하게 하면 사람은 뒤로 넘어지는 현상은 정지 관성이다. 이러한 형태가 산 능선에도 나타난다. 이에 대해 자세히 관찰하면 관성의 법칙이 있다는 사실이 발견된다. 별장에는 이러한 현상이 있다.

첨언하면 나무에도 이러한 관성의 법칙이 있다. 수양버들이나 과일나무가 그렇다. 배나무나 자두나무, 복숭아나무 등이 T 자형 또는 현애(懸崖)식으로 해서 과일이 많이 달리고 관리가 편리하도록 하는 방법이다. 이들을 보면 하늘로 자라지 못하도록 하는 모양이 정지 관성이다. 그러나 대부분 나무는 클 수 있을 만큼 제대로 자라도록 내버려 두는 형태가 운동 관성이다.

이처럼 나무에서나, 차량에서 운동 관성과 정지 관성이 이루어진다. 하물며 땅의 지표인 산야에서도 이러한 관성의 작용이 나타난다. 대표적인 것이 박정희 대통령의 부모 자리이다. 이곳에선 가는 쪽의 부분에 역으로 된 지엽이 관찰되는데, 이러한 현상이 정지 관성이다. 자연은 나무의 모양처럼 용진하는 것이 일반적인데 이 자리에선 반대 모양의 형태로 땅의 지맥이 붙어 있다. 이런 경우는 산의 기운이 역으로 진행되어 들어오는데 정지 관성의 형태가 된다. 따라서 관성의 법칙은 차량에서도, 나무에서도, 땅에서도 비슷하게 나타난다.

III

화진포

화진포의 명명은 2가지로 추측된다. 화진포 호수가 되기 전 이화진이라는 이름의 소유자가 있었다고 하여 붙여진 이름으로 알려지기도 하지만, 해당화가 많다는 의미로 명명되었다는 설도 있는 것으로 어떻게 이루어졌는지에 대한 2가지 의미가 있다.[47] 화진포(花津浦)에 권력자의 별장이 생긴 이유가 뭔지를 다루는 기회의 장이 될 것 같다.

해안 주변에 자연적으로 이루어진 석호(潟:갯벌, 湖:물가)로 되어 있는 자연수이며 경상북도 영양군에 있는 정영방의 서석지는 돌로 만든 못으로 아름답다고 소문이 자자한 곳으로,

---

47 고성군, 「입간판」 참조.

자연과 인공의 값어치는 다르다. 화진포의 호수 면적은 2.3㎢
이고 길이가 16㎞로 주변에는 해당화꽃으로 군락을 이루고
있는 호수로 송림이 병풍처럼 둘러쳐져 있어 경관이 좋으며
강원도 지방기념물 10호로 지정되어 있다.[48]

[그림] 화진포 안내도[49]

해당화는 고성군의 군화로 정해져 있다. 삼라만상이 산과

48 고성군, 「화진포 여행」 고성.
49 고성군, 종합안내도.

물, 꽃, 안개, 물보라 등 자연적으로 이루어져 있어 사람에 의한, 사람을 위한 곳으로 별장은 안성맞춤이 아닌가 한다. 세월이 흘러 고성군에서는 관광벨트화하는 방법으로 관광객들을 유치하고 있다. 다음은 군에서 발행한 화진포에 대한 종합안내도이다. 아래 범례에서 ⑥은 이기붕 부통령, ⑧은 김일성, ⑫는 이승만 초대 대통령의 별장이다. 물과 깊은 인연이 존재해 있는 별장 권력자들의 소유물이 있는 곳, 화진포다.

1. 해당화

해당화는 바닷가나 섬 지방에서만 볼 수 있다. 내륙에도 정원에 간혹 식재는 하지만 아름다움 면에서는 해안가에 따라갈 수가 없고, 오래 살지 못하는 단명 식물이다. 자연에 순응하고 자연에 따라 형성된 자연의 꽃이 해당화로, 얼마나 아름다움이 크기에 포구의 이름이 화진포로 명명됐는지에 대해서 아는 바 없다. 다만 꽃의 아름다운 자태에 대한 일말의 이해는 간다.

2. 아름다운 사연의 극치

화진포는 실개천, 시내, 강, 호수, 바닷가 등 물의 천국이다. 산과 함께 자연 그대로의 원시적인 곳이 배어 나오는 곳이 여기다. 어느 하나 오염됨이 없는 아름다움의 극치로 1인자들의 잔치인 이곳에 별장이 생긴 것은 당연하다고 본다. 아무나 할 수 있는 곳이 아니기 때문이다.

3. 맑은 공기

화진포에는 오염된 물이 거의 없다. 깨끗하면서도 공기가 맑고 산소의 농도도 좋아 웰빙의 여유를 만끽하는 여유의 장이 되기도 해 천혜의 자연을 가진 곳으로 정평이 나 있다. 솔 내음, 꽃향기, 바닷가의 취향 등이 일품이다.

4. 넉넉한 유산

1) 물

민물과 바닷물이 합쳐지는 곳이 화진포이다. 민물에 사는 잉어 등과 바닷물에 사는 도미 등의 어종이 함께 사는 담수호는 물의 극치다. 물을 수관재물이라 칭한 것처럼 우리 인간이 사용하는 데 가장 필요한 것이 물이다.

화진포는 사람에게도 유익하다. 물만 쳐다보아도 시원함을 선물받고 마음이 풍요로워져 밥을 먹지 않아도 배고픔을 달래 주고 잊게 하는 수변 공간이야말로 최고 중의 최고이다. 걸어 다녀도, 하이킹을 해도, 차량을 이용한 드라이브로도 좋아 어느 것을 해도 만족감이 뛰어난 곳이 화진포다. 좋은 것이 너무나 많은 인(人)의 유산이다.

하지만 물에도 선악의 구분은 있어 폭우나 대양, 큰 강의 물보다는 시내가 있는 작은 개울물이 좋다. 물이 사람을 이기는 것보단 사람이 물을 이길 수 있는 그러한 물이 좋고 이롭다.[50] 물소리가 콸콸 흘러가는 물은 졸졸 흘러가는 물소리

---

50 『제황상유인첩』에 "강을 낀 산은 시내가 있는 산만 못하다."라고 하는 내용이 나온다.

보다 좋을 수가 없으며, 콸콸 흐르는 물소리는 경사가 있음을 의미한다. 한강이나 낙동강의 수속(水速)이 빠른 물은 풍수적으로나 땅의 논리로 보아도 사람에 이롭지 못하다.

보는 관점에선 일품으로 한강(瀚江: 큰 강)물을 보는 재미나 한강 뷰는 최고다. 그러나 화진포는 유속이 고여 있듯 느려, 마치 정지된 물처럼 보이는 특징으로 경사가 없는 완경사로 별장으로서는 안성맞춤이다. 이처럼 물이 흐르는 소리만 들어도 유속의 빠름과 느림의 미학을 이해할 수 있으며 이를 두고 길흉을 분석하는 수단도 된다. 따라서 흐르지만 흐르는 물의 모양이 아닌 화진포의 호수는 길수(吉水)다.

2) 숲

숲은 공익적 기능이 높을 뿐만 아니라 피톤치드가 나오도록 하는 나무는 산림욕의 대명사이다. 우리에게 맑은 공기와 평상시 물을 머금고 있다가 내어 주는 순환적 기능을 하며 자연 댐의 구실도 하는 아주 좋은 선물 보따리이다. 화진포 주변에는 이러한 숲이 널리 존재하고 있다. 나무와 흙과 물이 함께하는 존재감이 아주 탁월한 곳이다.

숲은 우리 몸을 위해 신선한 공기를 선사한다. 호흡하는 허파를 건강하게 하므로 신체 건강이 우선시되고 정신건강에도 도움을 주는 숲은 일석이조(一石二鳥)다. 우리 몸속에 있는 허파는 좋은 공기를 흡입하여 모든 질병을 치료하는 기본적 체력 유지의 기본이 된다. 화진포에는 이처럼 나무에서 방출되는 물질로 우리들의 허파를 건강하게 하는 격조 높은 숲이 있다.

5. 산들바람

산들바람은 우리에게 유익함을 선사한다. 태풍이나 강풍은 인간에게 해로움을 준다. 화진포에는 산들바람이 유난히 자주 불어 준다. 기온의 이동이 있기 때문이다. 화진포 해수욕장과 호수 사이는 수온의 차이로 산뜻한 산들바람이 인다. 바다의 찬 공기와 내륙의 더운 공기가 만나는 곳이 화진포 호수다.

6. 기후 변화

기후의 변화는 심대하다. 과거에도 변화는 있었겠지만 근래에는 편차가 더 크다. 온대에서 열대로 넘어가는 기후는 숨이 턱턱 막힐 정도로 더운데, 화진포는 산림과 호수 그리고 해수로 더운 기후를 시원하게 해 준다. 그래서 여름 피서지로서 여타 별장에서는 볼 수가 없는 보기 드물게 좋은 곳으로 주목받는 적격의 땅이 화진포이다.

7. 경(景)

화진포는 보는 관점이 다양하다. 멀리도 가까이도 어중간하게도 볼 수 있는 곳이 해맑은 동해안과 호수이다. 해안은 원경(遠景)으로, 호수는 가깝게도 조금의 거리를 두고서도 볼 수가 있는 근경(近景)이나 중경(重景)[51]의 강점이 있다.

별장은 물이 필수 조건이다. 물이 없는 별장은 앙꼬 없는 찐빵과도 같다. 화진포는 이래서 권력자들의 별장이 있었는가 보다. 볼거리가 없다는 것은 무미건조하면서 무심하기 짝

---

51 重景의 중(重)은 '물거울' 중이 아니라 '거듭' 중 자로 거듭 반복하여 본다는 의미로 사용한 것이다.

대통령 무덤과 별장으로 보는 풍수 穴 이야기

이 없다. 만일 화진포가 이렇다면 별장의 존재 가치가 있는가
에 대한 생각은 깊을 수밖에 없을 것이다.

8. 피톤치드 등 효과

화진포는 주변 환경이 숲과 물로 이루어져 있다. 숲은 우리
들에게 건강을 선사하며 물은 시원함을 달래 준다. 면역글로
불린 농도를 낮추어 아토피피부염을 예방하고 치료하는 효
과가 숲에 있다.[52] 숲은 탄소를 흡수하며 산소를 배출한다. 목
재는 친환경 건축에 제격이다. 나무는 탄소 배출을 줄이는 원
천적인 재료로서 화학적인 요소가 없는 친소재들로 우리에
게 이로움을 선사한다.

9. 무(無)바위

---

52 동아일보, 「숲에서 답을 찾다」 14면.

화진포 호수의 수변은 나무랄 것이 없다. 공기도 나무도 물도 더운 여름철 시원한 바람도 해수욕도 다 좋다. 하지만 오행(五行)상 금성에 해당하는 바위가 없다는 것이다.

다른 곳에서의 별서에는 자연적인 바위들이 있다. 보길도의 부용동 원림, 영양 서석지, 예천 초간정, 대전 남간정사, 서울 석파정, 성락원, 봉화 청암정, 정약용의 다산초당 등 헤아릴 수 없을 정도로 자연적인 대형의 암석들이 즐비하다. 이처럼 별서에는 바위들이 많고 모양도 다양하게 이루어져 있지만, 화진포 호수의 별장 주변에는 크고 작은 바위들이 보이지 않는다.

바위는 별서에 기본 품목이다. 따라서 군에서는 앞으로 기회가 된다면 자연에 버금가는 대형 바위들의 설치가 요망된다. 다만 자연의 그르침이 되지 않는 한계 내에서 말이다. 과유불급(過猶不及)[53]은 아니함만 못하다.

---

53 중용(中庸)을 의미하는 것으로 중앙, 중간, 중심 등의 한가운데를 나타내는 말로
   『주역』에서는 최고의 경지를 의미하기도 한다.

IV

대통령 별장의 현황

이승만 대통령의 별장은 1910년도 이후 몇 차례에 걸쳐 유심히 관찰한 다음 6·25 때 지어진 것으로 이해된다. 이기붕 부통령의 별장은 1920년경부터 선교사들에 의해 활용된 것을 휴전 후 부인인 박마리아에 의해 개인 별장으로 사용된 것으로 파악된다. 김일성의 별장은 1938년도에 건축한 것으로 가족들의 여름 별장으로 사용된 것으로 이해된다.[54]

이들 모두 권력 서열 1-2인자의 별장으로 그에 따른 인기가 있을 것이다. 지금의 눈높이에서 보는 별장의 깊이를 분석하는 기회가 될 것으로 짐작된다.

---

54 고성군, 「화진포 여행」 고성.

1. 요산요수(樂山樂水)

화진포라는 곳의 주요한 지형지물은 산과 물로 되어 있으며 구성 비율이 3:7 정도로 이루어져 있다. 사람들은 물도 좋아하고 산도 좋아한다. 뜨거운 여름철에는 피서를 간다. 더위를 피하고 시원함을 달래기 위해 가는 곳이 강, 호수, 바다이다. 화진포가 그러하다. 산은 체력 단련과 해맑은 공기를 우리에게 선사한다. 화진포 주변이 병풍처럼 둘러쳐져 있다. 도로가 잘 정비되어 있을 뿐만 아니라 둘레길이 있어 걷거나 하이킹을 하는 데 안성맞춤이다.

이처럼 화진포는 요산요수로 이루어진 전국적인 명소로 일찍부터 별장으로 탁월함이 인정된 듯 모두가 좋아하는 곳이다. 권력자들의 경연장이 아닌가도 생각된다. 지금도 요소요소에 별장처럼 형성된 건축물이 즐비하게 들어차고 있는 것을 간간이 볼 수 있지만, 법의 한계가 이를 멈추게 하는 경향이 보인다.

2. 호수와 대양

    화진포에는 호수와 화진포 해수욕장이 상존해 있다. 동해에는 해수욕장과 연접한 호수가 있는 자연적인 풍광이 서로 손을 잡고 맞대어져 있다. 자연이지만 임의로 만든 것처럼 보기 드문 자연경관이다. 이 물은 구술이 흐르듯 낭랑한 물소리조차 들리지 않는 아주 잔잔한 호수로서의 정중동(靜中動)으로 일품이다.

    그림에서 물이 나가는 출구가 아주 가늘게 보인다. 빨리 보면 출구가 없다. 온통 나무색으로 덧칠하듯 해서 보이지 않으나, 유심히 쳐다본다면 물길이 보인다. 물줄기는 크면 클수록 불리한 것이 사실이다. 돈이 쉽게 빠지듯 크지 않아야 저축이 늘어나므로 이러한 물줄기를 좋게 본다. 좋은 물, 풍수적 길수 등으로 불리면서 권력자들의 별장이 들어선 것이 아닌가도 생각된다.

3. 경사

경사지의 레벨은 전망이 있다. 김일성의 별장의 뷰 포인트(view-point)는 화진포해수욕장을 보고 있고, 이승만 대통령의 별장은 화진포 호수를 보고 있으며, 평탄지에 위치한 이기붕 부통령의 별장은 화진포 호수를 보고 있어 전망은 이들 별장에 비해 미약하다.

하지만 경사의 유무를 확인하기 전에 앞에서도 언급하였지만 배산임수의 여부, 멈춤의 여부, 내려가는 산의 여부, 건물의 측산 배치 여부를 1차적으로 따진 다음에 경사에 대한 순위 여부가 결정되는 것이 순리다. 경사의 여부가 먼저 결정된다면 앞뒤가 바뀐 분석이 되므로 그 의미가 퇴색된다.

4. 오지

화진포는 오지이다. 지금은 많이 좋아져 그 당시의 환경에 대해서는 이해가 어렵지만, 국민들의 정서나 먹고사는 문제로 고통을 받는 시기로 별장은 꿈도 꾸지 못하는 세월이었으나 권력자들은 별천지의 예외다. 경치가 아름답고 전망이 좋으면 그들에겐 불가능이 없다.

하지만 별장이란 존재는 오지가 적격이다. 세상이 변화되어 흘러가고 있음에도 불구하고, 별장은 지금도 오지가 좋다. 집과 별장은 수고의 차이가 있어야 하는 것으로 이해된다. 불편한 곳이 오지요, 편안한 곳이 집이란 개념으로 이해한다면 해석이 아주 자연스럽게 이해될 것이다.

5. 접근성

별장은 접근성이 떨어져야 한다. 쉽게 접근이 된다면 별장의 기능은 달성되지 못한다. 오히려 불편하고, 멀고, 힘든 곳이어야 반대급부적인 이해가 얻어지는 것이다. 접근성의 문제가 편리함을 이유로 해결되어서는 곤란하다. 힘들고 불편한 곳인 화신포가 접근성은 오히려 적당하다.

6. 피톤치드의 천국

호수 주변은 산림으로 구성되어 있다. 나무들은 키가 아주
큰 것은 아니지만 비교적 울창하다. 이들은 자연림으로 구성
되어 피톤치드, 산소 등을 우리에게 공급하며 새들의 소리,
물소리 등이 우리들을 즐겁게 하는 천국이 따로 없는 곳이 바
로 여기다.

V

풍수적 분석의 이해

　별장을 풍수적으로 해석해 보는 것도 앞으로 별장을 선택하는 방법으론 상당한 의미가 있을 것이다. 그렇다면 탁 트인 곳이 좋을까? 아니면 조금이라도 감추어져야만 할까? 어느 곳이 좋은지는 풍수를 덧붙이면 가능한 판단이 될 수 있을 것이다. 한강이나 북한강인 양평 그리고 서울의 물가 쪽 아파트는 과연 좋을까? 이에 대한 풍수적 감정을 이해하는 것에 대해서 별장에 대한 풍수를 첨언해 보면 답이 될 것 같다.

　풍수에는 4신이라고 하는 것이 있다. 땅과 같은 개념의 하늘에 있는 별은 28개이다. 이들의 별 이름은 28수라 한다. 28개의 별을 4신으로 나누면 7개가 배당된다. 이 7개가 좌측 산, 우측 산, 앞산, 뒷산으로 나누면서 집을 감싸 안은 모습이 풍수로 명당이라고 한다. 그에 대한 4방의 비율은 좌측 산이 21%, 우측 산이 22%, 뒷산이 25%, 앞산이 32%의 비율로 되어 있다. 집 앞의 산이 제일 범위가 넓은 면적이다. 이에 대한 논리는 좌측 산과 우측 산을 에워싸는 범역이 가장 크다. 앞의 전면이 보인다는 말과는 상대적으로 이치가 다르다.

이에 대한 해석이 어떻게 전개되어야 하는지에 대한 연구는 아직 없다. 그러나 이를 부동산학적으로 판단해서 보면 앞에 막아 주는 지형지물이 없어야 땅값이나 아파트의 건물값이 비싸고 높다고 한다. 하지만 고민 아닌 고민을 해 보아야 할 것이다. 한강 주변의 고층 아파트에서 우울증에 의한 영향으로 운명에 시달리는 사람이 있는지에 대해 의심해 보아야 할 것이다.

오래도록 물을 보고 있으면 어떤 생각이 드는지에 대해서도 이해해야 앞이 잘 보이는 view-point가 좋은지, 싫은지에 대한 평가가 납득될 것이다. 자살률[55]이 높은 한강 주변 아파트나 한강 다리에서의 자살은 이러한 대수(大水)와의 관계가 단순히 우연의 일치가 아님을 대변해 준다. 한강수나 대양의 바다 등 대수(大水)를 바라다본다는 것은 생각해 보아야 할 것이다.

---

55 인터넷. 「다음」 「네이버」 자살률.

이에 대한 대안이 중수(中水)나 소수(小水)인 화진포가 답일 것이다. 물은 수관재물(水管財物)이라 하지만 간간이 수관재(水管財勿)이 수관앙화(水管殃禍)가 되기도 한다. 따라서 큰물보단 작은 물이 좋다는 것은 당연지사다. 물소리가 '콸콸'보단 '졸졸' 흐르는 물이 좋다는 말이다. 부동산 투자나 집도 마찬가지로 내가 산다면 시냇물이 졸졸 흘러가는 곳이 좋은 곳으로 선택되어야만 할 것이다.

물이 사람을 이기는 곳이 아니라, 사람이 물을 이길 수 있는 곳이어야 한다. 그런 곳이 화진포다.

7. 배산임수

배산임수(背山臨水)는 집이나 별장에서 가장 중요시하게 다루는 용어다. 집 뒤에는 산이, 집 앞에는 물이 있어야 한다는 이론이다. 하지만 능선에 건물이 위치해야 하며 내려가는 산에, 경사가 있다가 평탄해지는 멈춤이 있는 곳이어야 하며 앞에는 자연스럽게 임수가 되어야 한다. 집 뒤가 산이고 집 앞이 물이 된다고 하여 배산임수가 되는 것은 아니다. 조금은 유심히 분석해야 올바른 이해가 될 것이다.

이를 견지한다면 이승만 초대 대통령만 배산임수가 된다. 김일성의 별장은 배산임수가 아니다. 능선에 위치하지만, 건물을 돌려놓아서 지은 관계로 배산이 아닌 측산이다. 이기붕 부통령의 별장은 평탄지대이기는 하나 올바른 산이 아니다. 비산이며 능선을 타지 못했다. 이러한 배치는 배산이 아니다. 그냥 임수는 했지만 올바른 임수가 될 수가 없다. 배산이 되지 않는 임수는 임수가 아니기 때문이다. 따라서 제대로 가장 적정한 별장은 이승만 대통령의 건물로 판단된다.

올바른 배산의 이해가 있어야 한다. 등이 없는 의자에 앉아 있으면 불안하다. 누가 밀어 버릴까, 걱정이 앞선다. 뒤가 꺼진 땅을 성토하여 지은 휴게소나 주유소는 왜 경매가 자주 나는지를 생각해 보면 이해할 수 있을 것이다.

8. 자연향

집의 좌향은 자연향을 선호한다. 능선에 건물을 지을 때 산을 의지하면서 향을 지향하는 것이 일반적이다. 이러한 향이 자연향이다. 이에 비해 향을 틀어 짓는 건물은 상대향이다. 건축을 지표면에 맞추어서 지으니 건물의 방향이 틀어지게 된다. 성토 비용이나 임의로 쉽게 생각해서 지으려고 하니 이런 폐단이 생긴다.

김일성의 별장이 이러한 방법의 향으로 지어진 것이다. 자연향이 아닌 전·후·좌·우로의 상대적인 개념으로 지어진 것이다. 이기붕 부통령의 별장은 자연향도 절대향도 아닌 상대적인 개념의 물만 보고 향을 한 향으로, 의미상으로도 개념상으로도 문제가 있다. 임수만을 생각해서 건축한 것이다.

따라서 자연향의 개념으로 건축한 곳은 이승만 대통령의 별장이 유일하며, 상대향의 방법으로 지은 건물은 김일성의 별장이며, 이기붕 부통령의 별장은 임수로 지어진 것이다. 이러한 논리로 볼 때 이승만 대통령, 김일성, 이기붕 부통령의 별장 순으로 선호도가 결정된다.

9. 선룡

선룡은 편맥(偏脈)으로 움직이는 맥의 형태를 설명한 것이다. 산은 한쪽 편의 맥으로 움직인다. 산에 질서가 있음을 암시하는 내용이다.

이승만의 별장은 앞을 향하면서 보면, 좌측에서 진행되는 맥선으로 시작하여 우측에서 마무리가 된다. 김일성의 별장은 멈춤이 없는 곳으로 좌선에서 우선으로, 우선에서 좌선으로 움직이고 있어 계속적으로 운동을 하면서 물가까지 흘러 간다. 이기붕의 별장은 능선에 위치하지 못해 의미가 반감된다. 따라서 이승만 대통령의 별장, 김일성의 별장 그리고 이기붕 부통령의 별장 순으로 선룡의 길(吉)이 결정된다.

10. 조화와 균형

앞의 내용과 다르게 이해되는 것이 아니라 같은 범주에서 함께 이루어지는 논리로 산과 물, 바닷물, 나무가 어우러지는 곳이 화진포다. 별장은 한두 번 정도 다녀 볼 필요가 있는 곳이다. 이곳은 조화와 균형이 제대로 이루어진 곳이다. 물과 산, 산과 나무, 물과 고기, 호수와 해안 등의 균형이 이루어진다. 이들의 환경이 조화되는 곳, 바로 화진포다.

VI

분석의 결과

척이면 삼척이라, 눈으로 봐도 감이 온다. 이승만 대통령의 별장은 편안하고 억셈이 없어 자연스럽다. 이기붕 부통령의 별장은 기운이 없고 쇠할 뿐 아니라 무미건조하다. 김일성의 별장은 강하고 날카롭고 딱딱한 느낌이 느껴진다. 풍수 이전에 어떤 기준을 제시하지 않아도, 분위기상으로 보아도 느낌이 다르다. '왜 그럴까?' 하는 마음이 앞선다. 세부적인 방법으로 분석해 보면 더더욱 이해가 된다.

1. 완만한 경사

경사에는 3가지가 있다. 똑바로 정면을 응시하는 정시(正
視)가 있고, 높은 하늘을 향하는 앙시(仰視), 땅을 내려 바라보
는 부시(俯視)가 있다. 보는 방법에 따라 다르겠지만 일반적으
로 정시나 부시가 선호된다. 눈을 뜨고 바라보는 위치에 따른
구분이지만 건물에서도 마찬가지로 통용되는 것이 정시, 부
시, 앙시인 것 같다. 이를 두고 3개 별장에 대한 경사를 짚어
보자.

먼저 이승만 초대 대통령의 집에서는 부시가 허용된다. 경
사가 완만해 아래로 내려다보는 부시가 상식적이다. 맥을 통
한 내리막 능선이기 때문에 아주 자연스럽다.

이기붕 부통령의 별장에서는 정시보단 앙시가 된다. 집이
도로보다 낮고 호수도 마찬가지다. 조금 특이하게도 이승만
대통령의 별장이 가까운 거리다. 마치 2인자가 1인자를 보필
하듯이 하는 거리상의 여운이 들기도 하는 짧은 거리에 위치
한다.

이에 비해 김일성의 별장은 해발고도로 볼 때 가장 높다.
물론 부시가 된다. 하지만 이곳에선 호수를 바라보는 것이 아
니라 화진포의 해수욕장을 본다.

따라서 완만한 경사면에 있는 이승만 대통령의 별장이 가

대통령 무덤과 별장으로 보는 풍수 穴 이야기

장 돋보이는 것으로 평가된다.

1) 경사 측정

경사를 측정하는 방법에는 d/h비를 활용하면 쉽게 이해가 된다. d는 거리를, h는 높이에 대한 비율이다. 높이 1에 거리 1에 대한 경사각은 45°이다. 기준은 높이다. 1에 대한 2의 경사각은 27°이며, 3은 18°, 4는 14°, 5는 12°, 6은 11°로 생각하면 해결이 된다. 경사율은 1/1은 100%이며, 1/2는 50%, 1/3은 33%, 1/4는 25%, 1/5는 20%의 경사 기울기이다.

도로교통법에서 주장되는 내리막이나 오르막의 경사는 경사율로 정의된다. 도로 표지판에서의 6%는 100의 거리에서 높이 6m를 올리거나, 내리면 6%의 경사율이 된다.

산에서는 막대기를 활용해서 기울기를 측정하기도 한다. 일정한 막대기를 곧게 세운 다음 다른 막대기로 수평을 맞추어 주면 경사지의 경사각이 도출된다. 이때 수평의 막대기를 높이의 막대기에 대한 비율을 산정하면 경사각이나 경사율이 측정된다. 이를 활용해서 별장에 대한 경사의 기울기는 확인된다.

2) 별장의 경사

　김일성의 별장 경사각은 30°쯤 된다. 1/2이 넘는 기율기로 측정하면 기울기가 급경사로 나타난다. 이승만 대통령의 별장 기울기는 1/2 이하로 20° 정도 된다. 이러한 기울기를 평가하면, 김일성의 별장은 급경사가 되며 이승만 대통령의 별장은 완경사다.

　경사의 기준은 지구의 지축이다. 지축의 기울어진 각도가 23.5°로 이를 기준으로 완급의 경사를 정하면 무난하다. 23.5°가 넘으면 급경사로, 미만은 완경사로 크게 구분하면 된다. 조선왕릉의 앞을 걸어 올라가면 고개를 앞으로 굽혀야 한다. 이때의 기준 각도는 급하게 느껴지는 급경사이다. 이처럼 기준의 경사를 이해하면 완급의 경사를 읽어 낼 수 있으므로 등산이나 생활 시 경사의 기울기를 활용하면 유익할 것이다.

2.　배산임수

1) 배산임수 or 측산임수

배산임수(背山臨水)는 아주 중요하게 다루어지는 문구로 글자 그대로 해석하면 집 뒤는 산이고 집 앞은 물로 해석된다. 하지만 이런 해석은 많이 잘못됐다. 집 뒤에 무조건 산이 있는 것이 배산은 아니기 때문이다. 산의 정기는 능선을 따라 진행될 것인지, 계곡을 통해 오고 갈 것인지, 산의 측면을 통해 기운이 전달될 것인지에 대한 물음이다.

다음은 별장의 배치 기준이다. 능선을 따라 바르게 위치한 건물과 틀어서 앉은 건물이 있다면 어느 방향에 대한 건물의 배치가 올바르게 되어야 하는지에 대한 내용이다. 측산과 배산은 하늘과 땅 차이로 피해의 크기는 대단하다. 올바른 배산에 올바른 임수가 된다면 안전하고 바른 건축이 될 것이다.

2) 멈춤

능선을 따라 내려오다가 잠시라도 멈춘 자리가 풍수상 좋다. 이러한 내용을 바탕으로 3개 별장에 대한 분석 결과는 이승만 대통령의 별장이 으뜸이다. 능선을 따라 내리는 곳에, 측산이 아닌 곳에, 똑바르게 앉은 건물에, 내려오다가 잠시 멈춘 곳에 별장이 있기 때문이다.

이에 비해 이기붕 부통령의 별장은 맥이 없고, 건물 지붕의 형태 또한 역으로 배치되어 있다. 김일성의 별장은 맥선상에는 위치하나 한쪽으로 틀어진 곳에 있어 맥선의 멈춤이 없다.
이런고로 이승만, 길일성, 이기붕 부통령의 별장 순으로 길
(吉)하다고 분석된다.

따라서 올바른 배산은 능선을 통한 곳, 경사가 급하게 오다가
완만하게 멈춘 곳에 바른 건물이어야 배산임수라 할 수 있다.

3. 선룡

용맥의 진행 방법은 한쪽의 힘으로 진행하는데, 이러한 것
을 선룡(旋龍)이라 한다. 이승만 대통령의 별장 선룡은 좌선으
로 마무리가 완료되었으며, 김일성의 별장 선룡은 S 코스로
진행이 되어 멈추지 못했으며, 이기붕 부통령의 별장 선룡은
맥이 없는 무맥지다. 이러한 분석 방법을 토대로 올바른 방법
으로 이루어진 맥선의 멈춤이 완료된 곳의 선룡은 이승만 대
통령의 별장이 유일하다.

4. 4산

4산은 별장을 중심으로 전·후·좌·우에 있는 산을 말한다. 4산은 혈을 중심으로 양호하게 안으로 굽어진 형상의 산으로, 이승만 대통령의 별장은 전·후·좌·우가 갖추어져 있으며 앞산이 역룡으로 들어오는 형상이 되어 좋다.

김일성의 별장은 오른쪽 산인 우산이 없다. 이기붕의 별장은 맥이 없어 4산을 논하기는 문제가 있어 의미를 부여하기는 곤란하다. 따라서 이승만 대통령의 별장이 가장 돋보인다. 특히 앞산이 들어오는 역룡이 되어 품격이 배가되며 풍수상 길지로 분석된다.

5. 자연향

정해진 동·서·남·북을 가리키는 절대방위의 절대향과 전·후·좌·우의 상대향과 자연에 의한 맥선의 흐름에 따라 정해지는 자연향이 있다. 자연향은 풍수에서 가장 중요하게 다루는 향으로 배산임수가 요점이다.

제대로 된 배산임수는 이승만 대통령의 별장이 유일하며, 김일성의 별장은 건물의 배치가 정면이 아닌 측면으로 틀어진 방향이 되어 배산이 아닌 측산으로 평가된다. 이에 비해 이기붕 부통령의 별장은 기운이 없는 무기맥이시만 향은 상대향으로 지향했다. 이들 별장에서 올바르게 배치된 자연향은 이승만 대통령의 별장이다.

6. 문제점과 그에 따른 해결 방안

별장의 건축은 자연적인 재료가 좋다. 그러나 권력자의 건축상은 다를 수 있다. 입으로 말만 하면 해결되는 권력자들이기에 색다른 재료로 건축이 됐다. 우리 몸에 맞는 건축 재료들은 별장 주변에 있는 것들이 가장 적합하다. 흙이며 돌이며 나무 등이 좋다. 쉽게 구할 수 없는 것은 외지에서 반입이 된다고 하지만, 휴양을 하는 목적에서는 그 주변에 있는 재료가 가장 알맞고 좋은 재료들이다. 신토불이(身土不二)는 멀리 있는 것이 아니기 때문이다.

그 지방에서 나는 음이온이나 편백나무·소나무에서 발생되는 피톤치드가 가장 좋듯이 신토불이의 이해가 되었으면 하는 마음으로 그러한 건축이길 기원한다. 격조가 낮다고 하여 시멘트 콘크리트 집보다는 흙벽돌집으로, 값비싼 목재보다 국내 주변 산의 나무로 별장을 지었더라면 한결 더 빛날 별장이 되었을 것으로 이해된다.

하나를 더 추가한다면 원래 좋은 자리는 지중(地中)의 구덩이를 파서 해야만 하는 혈거(穴居)[56]가 원칙이다. 집은 지상에 설치되는 건물이지만 좋은 자리는 움집이나 혈거 또는 호빗집[57]이 맞다. 집이고, 불편하고, 대중성에서, 이미지에서, 보는 눈이 많기에 대단한 집을 짓고 살지만, 기본은 땅속을 파고 죽은 사람이나, 살아 있는 사람에게 필요한 것은 좋은 땅이다.

1) 이승만 초대 대통령의 별장

별장이 선 초창기는 being의 시대인 만큼 자연 그대로의 조건 상태에서의 별장이었지만 지금의 별장은 웰빙(well-being)의 시대를 지나 가드닝(gardening)의 시대로 정원수를 활용하여 보는 재미와 즐기는 재미를 더했으면 하는 방안이 요구된다. 이러한 절차를 가미하면서 이곳에는 장시간의 휴양이나 휴식 또는 제2의 집으로의 기능이 가능한 곳으로는 최적의 장소이다.

---

56 물속 바닷가에 사는 옥돔은 바다 밑 땅을 파서 사는 특성이 있다. 이러한 방법이 혈거이다. 사람도 혈(穴)이 확인되면 그 속에서 살아야 제대로의 기운을 받는다. 이러한 방법의 주거가 혈거다.
57 제주도의 돌창고 같은 반지하의 집을 지칭한다.

[그림] 이승만 대통령 화진포 기념관 안내

[그림] 이승만 대통령 화진포 기념관 안내

하지만 대통령이라는 직책에는 맞지 않는다. 오랜 시간 동
안 근무지를 벗어난 위치적 성격에는 맞지 않기 때문이다. 물
론 풍수적으로 보면 장기적인 근무지로서도 빈틈이 없는 곳
이다. 이곳의 별장에는 정지 관성의 법칙이 있다. 좌선으로
들어가는 형태로 j 자가 형성되어 계속적으로 내려가는 능선
이 아니라 우측으로 꺾어 마무리가 된다. 이러한 형태가 정지
관성의 법칙이다. 정지 관성이 되어야 올바른 자리가 된다.

2) 김일성의 별장

[그림] 김일성의 별장 입간판

김일성 별장의 경우 건물 배치가 측산이며 멈춘 형태가 없다. 개선의 기회가 된다면 멈춘 곳으로의 재배치가 되도록 하는 가정이 필요하지만, 지금은 단지 관람하는 건물에 지나지 않으므로 표지판에라도 이러한 배경에 관한 설명의 필요성은 제기된다.

1달이나 2달 정도의 중기적인 시간이나 단기적인 시간 동안 휴양이나 휴식을 즐기기에는 괜찮다고 본다. 오랜 기간의 휴양은 불편한 효과가 나는 곳이 되므로 장기적인 휴양은 금하는 것이 좋을 듯하다.

또한 화진포 호수는 수평선으로 보는 뷰 포인트(view-point)

가 일품인 데 비해 이 별장은 금강사시 3부 능선에 위치해 시리적으로도 높은데, 이에 더해 건물도 2층으로 지어 그 높이가 우뚝하다. 서울과 같은 도시권에서는 땅의 가치가 커 입체적으로 건축을 하는 것이 바르지만, 시골은 땅의 시세가 낮고 지기의 기운을 받아야 하는 차원에서 수평으로 집을 짓는 것이 원칙이다.

청와대(靑瓦臺)를 한번 보면 이해가 될 것이다. 대통령에 당선되어 들어가면 나오기 싫은 곳, 옥(獄) 속에서 살아야 하는 운명, 대화가 단절된 행동 등 긍정보단 부정어가 많은 곳이 청와대이다. 대(臺)는 흙이나 돌로 높게 지어 사방을 볼 수 있게 한 곳이다. 김일성의 별장이 이렇다. 돌을 성곽처럼 쌓아 집을 건축했다. 성의 별장이란 이름이 새롭지도 않다. 따라서 김일성의 별장은 건축상의 형태에서도 바람직하지 못하다.

과일이나 곡식에는 곡기가 있어 우리가 살아가지만, 땅에는 지기가 있어 사람이 활동한다는 사실을 이해하면 김일성의 별장에서는 문제가 너무나 쉽게 도출된다. 2층의 성처럼 높게 쌓은 집, 사람이 올라가다가 낭떠러지로 떨어질 것 같은 급한 경사지, 끝없이 진행하는 선룡, 멈추지 못한 능선 등의 아무리 헤아려 보아도 좋은 것이 보이지 않는 곳이다. 자연의 시간표대로 흘러간다면 위치적·지리적·건축적·풍수적 상식이 요구된다.

김일성의 별장은 운동 관성이 발달되어 있다. 능선의 행동이 계속적으로 운동만 하는 관성이다. S 코스 형태로 돌아서 나가는 능선으로 정지하지 못하고 계속 운동을 하면서 내려가는 운동 능선이다. 이승만 대통령의 별장은 정지 관성으로 김일성의 별장과는 구분된다. 관성의 법칙은 일치하지만 전자는 운동 관성으로, 후자는 정지 관성으로 내용 면에서는 엄청나게 큰 개념의 차이가 난다. 운동 관성은 자리가 어려운 반면, 정지 관성은 자리가 된다.

3) 이기붕 부통령의 별장

[그림] 이기붕 부통령의 별장

이기붕 부통령의 별상은 맥이 없는 무맥지이고, 지붕의 형태 또한 역(逆)으로 지어져 있음을 게시판에 게시하여 향후 관람객들에게도 이러한 일이 재발하지 않도록 하는 계도의 장이 되었으면 한다.

이곳에서는 장기적으로나 중기적으로 비교적 오랜 시간의 휴양은 삼가는 것이 좋다. 지기의 기운이 없는 곳으로 오래도록 휴양을 목적으로 상주하면 피로감이 증폭되어 건강을 잃는 수도 생길 수 있으므로 2박3일이나 3박4일 정도의 단기적인 방법으로 시간을 보내는 것은 괜찮을 듯하다.

7. 형국의 표현

화진포는 물로 되어 있는 곳이기는 하나 별장에 대한 풍수 형국은 잘 나타나 있지 않다. 다만 필자가 보기에는 이름을 짓는다면 물길 따라 길을 팔(八)자로 만들어 진입이 원활하게 되어 있어 八자형 형국[58]으로 명명하는 것도 의미가 있다고 본다.

---

58 고성군, 「화진포 안내도」, 화진포는 남호와 북호로 나누어 있으며 八자형을 그리면서 호수가 나누어지는 것을 형상화했다.

또한 3개의 별장 모두 물을 보고 있는 형상이다. 산에서 내려오는 것을 갈증을 느낀, 목마른 동물로 간주하여 갈마나 용마가 물을 먹으러 내려오는 형상으로 갈마음수형국이나 용마음수형국으로 명명하는 것도 하나의 방법이라고 볼 수 있다.

다만 형국은 보는 사람마다, 생각하는 의미마다, 느끼는 형태마다 다르게 보기 때문에 목소리가 큰 사람이 이긴다. 그러나 혈증을 찾아 혈의 여부가 결정되어야 올바른 형국이 되는 것이다. 형국은 있는데 혈이 없다면 껍데기만 있는 결과로 빈 깡통이 요란한 소리처럼 의미가 없다.

VII

별장의 공통점과 차이점

1. 공통점

1) 人

(1) 최고의 권력자

그 시대 최고의 권력자는 누구인가. 자유당 시절 남한에는 이승만 대통령 그리고 그의 비서 출신이며 국회의장 출신의 이기붕 부통령, 북한은 권력 서열 1위 김일성이다. 이들은 남북한 통틀어 최고의 무소불위(無所不爲)의 권한과 권력을 소유한 권력자들이다.

이들의 별장은 과연 어떤가에 대한 매력 차원에서도 의미가

대통령 무덤과 별장으로 보는 풍수穴 이야기

있다. 더군다나 김일성의 별장은 어떻게 만들어졌는지에 대한 의문은 상상을 초월한다. 궁금증이 증폭된 가장 큰 이유다.

(2) 생활 근거지는 원거리 오지

강원도는 산지가 81%로 유일하게 산림 면적이 넓은 도이다.[59] 산은 오고 가는 걸음걸이가 무겁다. 첩첩산중이라는 말이 있다. 온통 산으로 되어 있어 사람의 접근이 쉽지 않은 곳이 강원도 중의 고성이며 화진포는 동해안과 접해 있어 오지중의 오지다. 접근이 쉽지 않은 곳에 별장이 있다는 사실이 의문에 의문을 더한 것이다. 오지임에도 최고의 실세들이 별장을 가진 것에 대한 상상이 되는 곳이 화진포다.

2) 자연

(1) 물

물의 풍수적 논리는 음중 양으로 치환해서 해석한다. 흐르는 물은 정지하는 듯해야 하고, 고요한 물은 흐르는 듯해야 길하다고 한다. 화진포의 물은 호수로 정지한 듯하다. 물은 쉼없이 흐른다. 동해안으로 흘러 들어가는 물이 신기한 듯하다.

---

59 인터넷, 「네이버」 강원도 산지면적.

물의 동정(動靜)이 화진포다. 화진포는 6·25를 정점으로 권력자들에 의해 별장의 탄생지가 되었는지도 모른다. 움직이는 것처럼 보이나 정지한 잔잔한 물이 좋아 화진포를 중심으로 별장이 존재해 있다. 묘한 물의 논리가 아닐 수가 없는 곳이다.

(2) 산

별장 주변은 온통 산이다. 산에 별장이 있다. 산과 나무와 물로 이루어진 화진포는 천혜의 자연으로 구성된 곳으로 보기도, 공기도 맑아 향기도, 먹거리도 많은 곳으로 여러모로 따져 봐도 다 좋다.

(3) 송림과 해당화

화진포는 소나무로 울창한 숲을 형성하고 있으며 해당화로 물과 수(繡)를 놓은 듯, 공기가 좋다. 숨 고르기도 편한 곳이 이곳으로 아주 조화로우며 이러한 자연적인 조건 속에 별장이 서 있다는 사실을 어떻게 볼까?

(4) 화진포

별장이 있는 곳이다. 자연이 조화롭다. 공기가 맑다. 동해안에는 해산물이, 화진포에는 민물이나 양성의 어류가 풍족

하여 먹을거리, 눈요기, 듣기 좋은 소리 등 오감이 발달되도록 하는 곳이다. 자연이 혼연일체(渾然一體)가 되도록 하는 곳이 화진포다.

(5) 차경

차경(借景)은 전통 조경에서 사용하는 용어로 경치를 빌려서 감상하는 것을 의미한다. 화진포에서 차경을 할 수 있다는 목적은 덤으로 얻어진다. 즉, 화진포의 주변 경치를 집에서 감상할 수 있다는 장점이 있는 곳이다. 화진포 주변이 물과 산과 나무들로 구성되어 있으며 바다가 연접되어 금상첨화가 아닐 수 없다. 이러한 조건으로 특별한 조경이 필요 없을 정도로 주변 환경이 좋은 곳이다.

(6) 심은 나무가 없다

별장은 조경이 으뜸이다. 관목부터 정원수에 이르기까지 나무 심기에 온 박차를 다하고 있다. 값싼 나무는 물론 값비싼 나무도 종종 심는다. 건축비보다 더 귀하고 값이 대단한 소나무 등 희귀목도 재산인 양 조경을 한다.

하지만 화진포에 있는 3군데의 별장엔 1점의 조경수도 없다. 물론 관목은 조금 식재되어 있지만, 키가 큰 정원수는 없다. 주변이 송림과 해당화 등으로 정원수 이상의 나무들로 인

정해서 정원수의 필요성이 없는 것으로 이해된다. 다만 필요한 요소에는 정원수의 식재가 요망되기도 한다.

나무를 심는 방법은 다양하게 심되, 나름의 철학이 있어야 한다. 공무원 조직은 9급부터 시작하여 1급 등 정무직이 있듯이 나무도 각각의 구성이 되어야 올바른 정원이 된다. 즉, 관목부터 교목에 이르기까지 다양하게 심어야 조화와 균형을 이루어야 건강한 정원이 될 수 있다.

다음은 자연에 있는 나무들의 정리 문제이다. 주변에 있는 소나무 등은 수고가 너무 커 집을 아래로 부각시키는 역효과를 불러일으킨다. 집이 나무를 보아야 하는데 이곳의 별장은 반대급부적인 논리로 나무가 집을 향해 있다. 나무의 키가 너무 크다는 단점이 있다. 집은 일정 부분 태양이 들어와야 하며, 습기도 있어야 제대로 된 나무 형태가 된다. 나무가 커 태양의 의무를 못하도록 하는 방식은 집에 습기가 많아지는 것이 되므로 좋지 못하다.

특히 별장의 주변은 물이 많다. 화진포와 해안가의 바닷물이 과잉이다. 주변의 환경이 이러함에도 집보다 덩치가 큰 송림들이 즐비하다. 집 주변 반경 안에 있는 나무의 제거가 시급히 필요하다. 방치하면 별장을 손상시키는 문제가 일어날 가능성도 배제하지 못한다.

해안은 바람이 많다. 특히 동해안은 바람의 세기가 남다르다. 따라서 나무의 수고를 측정하여 그 반경 안에 있는 나무를 제거해야 한다. 바람에 의한 나무의 키만큼 거리를 두어야 한다는 원칙이다. 그래야만 별장의 건물이 온전히 보전될 것이다.

3) 건물의 외벽

3군데 별장의 외벽이 해안에 있는 조약돌로 되어 있다. 돌은 겨울철 차가움을 준다. 사람에겐 따뜻한 기운이 아니다. 자연스러운 나무나 흙이 적격인데 인간을 위한 마음보단 미를 창조하는 목적이 강했던 것으로 보인다. 하나는 더하고 하나는 빠지는 작태로 이해가 어려운 실정이다. 별장은 우리 인간에게 이로움을 선사해야 하는 것이 목적임에도 불구하고, 돌은 이롭지 못한 재료로 적절치 못한 현상이다.

4) 님비 현상과 핌피 현상의 공존

화진포에 있는 별장은 님비와 핌피[60]가 공존한다. 님비 현

---

60 님비와 핌피는 상대적인 문구다. 님비는 우리 지역에 혐오시설의 설치를 반대하는 용어로 nimby(not-in-my-backyard)라 하며, 핌피는 내 구역에 비혐오 시설의 유치를 희망하는 용어로 fimfy(please-in-my-frontyard)라 한다. 이와 함께 임피란 말

상은 화진포 주변의 자연 사체를 두고 하는 말이다. 자연(自然)의 自는 '스스로, 저절로 자'이다. 然은 '그러할 연' 자로 스스로 그렇게 되는 것이 자연이다. 이러한 차원에서 인공이 가미되어 자연을 훼손시킨 사실이다. 자연은 스스로 이루어지는 것이 자연인 데 비해 별장은 태초의 자연에서 건축을 함으로써 이에 대한 최소한의 자연적인 피해가 우려된다.

이와 더불어 고성군에서는 별장을 관광자원화하는 이벤트를 만들어 관광의 이익을 극대화하고 있다. 이러한 조치는 핌피 현상의 논리이다. 님비와 핌피 현상이 공존하는 융합정책을 펴고 있는 곳이 화진포로 권력자들의 별장이다. 특히 김일성의 별장이라는 명칭을 유독 강조하고 있다. 남한의 강원도 고성 화진포에 별장이 있다는 매체를 적극 활용하고 있다. 따라서 더 이상의 자연 훼손이 허용되어서는 곤란하다.

로 같이 사용한다. 임피는 핌피의 please를 뺀 의미이다. 같이 이해하는 차원에서 바나나 현상이 있다. 바나나 현상은 어느 곳에서나 혐오시설의 설치를 반대하는 것이다. banana는 build-absolutely-nothing-anywhere-near-anybody에서 머리글자를 따온 영문자이다.

대통령 무덤과 별장으로 보는 풍수 穴 이야기

2. 차이점

별장의 차이점은 어디에나 상존한다. 큰 개념으로 살펴보면 능선이지만 아닌 곳도 있고, 물도 다 같은 물이 아닌 현상이 나타나기도 한다. 이를 비교해서 보면 별장의 계획에 도움이 될 것으로 생각한다.

1) 능선

이기붕 부통령의 별장은 능선이 아니다. 이승만 대통령의 별장과 김일성의 별장은 능선이다. 김일성의 별장은 90° 돌려서 지은 것으로 능선이 아닌 측면이다. 이는 측산으로 상대향이 된다. 이에 비해 이승만 대통령의 별장은 능선에 위치해 자연적이다. 따라서 김일성의 별장은 능선이 아닌 곳에 별장이 건축됐다.

2) 물

이승만 대통령의 별장과 이기붕 부통령의 별장은 화진포를 보고 있는 물이다. 이에 비해 김일성의 별장은 동해안인 화진포해수욕장을 보고 있다. 따라서 화진포를 보고 있는 별장과 해수욕장을 각각 보고 있는 것으로 물을 보는 향은 상호 다르다.

3) 배산임수

3군데 별장을 생각 없이 보면 배산임수가 된다. 집 뒤가 산으로 되어 있으면 배산이다. 이승만 대통령, 이기붕 부통령, 김일성의 별장 모두 별장 뒤가 산이다. 하지만 올바른 배산은 내려가는 산, 멈춘 곳, 바른 건축이 되어야만 한다.

그런데 이기붕 부통령의 별장은 내려가는 산이 아니며 멈춘 곳은 더더욱 아니다. 이런 곳에서의 건축은 배산이 아니다. 김일성의 별장은 내려가는 산은 맞지만 멈추지를 못했고, 능선에 맞추어 집을 지어야 하는데 옆으로 돌려서 지은 건축으로 이러한 방법은 자연향이 아니라 상대향의 논리로 지은 집이므로 배산이 아니다.

이에 비해 이승만 대통령의 별장은 내려오는 산에, 멈춘 곳에, 능선에 바로 맞추어 지은 건축으로 배산이다. 임수는 먼저 배산이 되어야 논할 수가 있다. 배산이 되지 않는 측산은 임수가 유명무실하다. 따라서 배산임수가 제대로 이루어진 별장은 이승만 대통령의 건축이 유일하며, 김일성의 별장은 측산임수로 보이나 올바른 임수가 되지 못하며, 이기붕 부통

대통령 무덤과 별장으로 보는 풍수 穴 이야기

령의 별장은 임수로는 보이나 배산이 되지 못하므로 이도 저
도 아닌 비배산이 되어 올바르지 못하다.

4) 건물의 입체와 수평

별장의 규모 면에서 보면 차이가 있다. 이승만 대통령과 이
기붕 부통령의 별장은 단층이다. 이에 비해 김일성의 별장은
2층과 옥상이 있다. 지표면이 높은 것도 문제가 되겠지만 풍
수의 일반적인 이해도는 지표면에 수평적으로 깔아야 한다.
지표면에 지기가 있다고 한다면 2층은 부석사의 부석처럼 떠
있어 기운이 지나간다.

지가가 비싼 서울이나 대도시는 수직(입체)으로 쌓아 올려
건축비를 줄이고자 했다. 이러한 작품이 아파트다. 시골은 지
가의 가격이 낮은 것도 반영이 되겠지만, 가장 주의를 하여야
하는 것은 땅의 기운이다. 이러한 논리가 이해된다면, 입체적
으로 짓는다는 것은 임계점이 있을 것이다. 땅의 기운이 있다
손 치더라도 위로 올라가면 갈수록 기운의 정도는 낮아지는
것이 형평의 논리로 보아도 이해가 될 것이다.

해안에는 바람이 많다. 바람이 많은 구조상 건물이 낮아야
하는 이유도 여기에 포함되어야 할 것이다. 아파트의 경우 50
층에 산다면 기압의 문제도 있다. 기압은 10m 단위로 1밀리

바싹 줄이든다. 1층의 높이는 3m 미만이다. 3층은 10m 정도다. 계산을 해 보면 50층÷3=17 정도다. 1,013밀리바에서 17을 빼면 994밀리바가 된다. 이는 저기압이다. 이처럼 고층으로 올라가면 갈수록 기압은 저기압으로 변해 간다.

기압의 논리는 풍수가 아닌 과학이다. 고층 아파트에서 생활하는 할머니는 노쇠 현상이 빨라질 것이며, 어린아이에게는 성장이 더딜 것이다. 이러한 논리가 이해된다면 고층은 피해야 할 것이다. 따라서 해안이기에 건물은 저층으로 하는 것이 현명한 지혜라 하겠다.

5) 지붕의 모양

[그림] 이기붕 부통령의 지붕 후면 모습(전착후관)

대통령 무덤과 별장으로 보는 풍수 穴 이야기

지붕의 형태가 다 다르다. 이승만 대통령의 별장은 평범하지만, 이기붕 부통령의 별장은 앞이 넓고 뒤가 좁게 되어 있는 전관후착(前寬後窄)의 역(逆) 모양이다. 전착후관(前窄後寬)이 일반적인 집의 형태다. 김일성의 별장은 예각이 많다. 옥상이 있고 전망대를 겸한 것으로 각이 많은 형태로 지어졌다.

따라서 건물의 형태는 이승만 대통령의 별장이 으뜸이다. 각의 논리는 3가지로 구분된다. 김일성의 지붕에 많은 예각(銳角: 90° 미만)과 둔각(鈍角: 90° 이상), 정각인 직각(直角: 90°) 등으로 나누어지는데 예각은 말 그대로 남에게 해를 입히는 모양으로 상호 나쁘다.

6) 경사

산 능선을 따라 내려온 곳에다 별장을 건축했다. 경사는 다르다. 이기붕 부통령의 별장은 평탄지에, 이승만 대통령의 별장은 완만한 경사지에, 김일성은 급경사지에 별장이 있어 겨울철 미끄럽고 불완전하다. 이에 비해 이기붕의 별장은 평탄지이지만 능선이 없으므로 기운이 없다. 따라서 이승만 대통령의 별장이 가장 돋보인다.

7) 관성의 법칙

관성의 법칙에 대해서는 일치하나 운동 관성은 김일성의 별장에서, 정지 관성은 이승만 대통령의 별장에서 나타난다. 이러한 차이는 극명하게 대립되는 법칙으로 좋은 자리 여부가 결정된다.

대통령 무덤과 별장으로 보는 풍수 穴 이야기

VIII

요즈음 별장의 취향

신세대 별장의 개념은 대통령 별장과는 차이가 있다. 대체로 같은 범주에서 볼 수 있다고 하지만, 차이점은 대두된다.

1. 계절

1) 여름에는 물놀이장

지구 온난화로 일기는 점점 더워진다. 더운 여름철 물이 없다면 문제가 한둘이 아니다. 이때 필요로 하는 것이 물에 들어가는 것이다. 물놀이 시설이 필요한 물놀이장과 같은 놀이 시설이 선호되기도 한다. 물은 음이온이 배출되는 것으로 우리 몸에도 이롭다.

2) 겨울에는 향토 방

추운 겨울철 따뜻한 방 안에서의 찜질방은 우리 몸을 건강하게 만드는 역할을 한다. 군고구마 생각도 나는 겨울철 향토의 방이 그립다. 향토는 5행으로 보면 목·화·토·금·수 가운데 중간 토(土)로서 중앙을 나타내는 5행으로 사람을 지칭하기도 한다. 이처럼 향토는 우리 몸을 보호하며 피로를 쉽게 물리치는 역할도 있다. 향토로 된 구들방이 있어야 제격이다.

2. 규모

건축은 크지 않게 작게 지어야 한다. 황금비율에 맞게 능선에 맞추어 짓는 것이 좋다. 크면 청소도, 관리도 힘이 들어 좋지 않다. 필요한 크기의 건축물이 되어야 한다. 일반 창고 등은 커도 상관없지만 집은 규모가 작아야 한다. 기운의 크기는

대통령 무덤과 별장으로 보는 풍수 穴 이야기

크지 않기 때문이다.

3. 주변 환경

멀지 않은 곳에 카페나 음식점 등이 있어야 한다. 맑은 물이 흘러야 되고 축사 등이 없는 곳이어야 한다. 환경은 깨끗하고 청결해야 눈요기도, 보기도, 먹는 것도, 물소리도 듣기가 좋다. 화진포 주변에는 줄을 서서 기다리는 막국수 맛집이 있듯이 주변 환경이 즐기고, 좋아하는 음악회 같은 건축물이나 음식점이 있어야 한다. 별장의 주변 환경이나 취향을 덧셈하여야 하는 풍조다.

4. 쉼

여자가 쉬는 별장이 되어야 한다. 제1주택에서 제2의 별장으로 피난 가는 것이기에 쉬는 것이 첫 번째 목적이다. 따라서 별장에서 사(事: 일)는 금물이다.

5. 웰빙과 가드닝

웰빙을 위해서는 몸에 이로운 먹을거리와 놀 거리가 있어야 한다. 더덕, 도라지와 같은 약초와 피톤치드가 많이 발생하는 편백나무 등을 심어 가드닝이 되도록 하는 조경을 시도해 보는 것도 상당히 이로울 것이다.

6. 기반 시설

전기나 가스 시설이 있어야 한다. 양이온의 배출로 필요 최소한의 방법으로 사용해야만 건강을 잃지 않는 조건이 될 것이다. 따라서 적절한 시설이 있어야 할 것이다.

7. 거리

1시간 거리나 멀어도 차로 2시간 이내로 쉽게 접근할 수 있어야 한다. 오지보단 접근 거리가 멀지 않아야 한다. 신세대들은 원거리나 오지를 그렇게 좋아하지 않는 경향이 있다. 하지만 제2의 집인 별장은 원거리로 조금 멀어도 되지만, 신세대들의 생각은 단거리여야 좋다고 한다.

8. 부동산의 가치

제2의 별장도 부동산적인 가치로 재산이 된다. 따라서 풍수적인 조건을 이해하여 물소리가 들리는 곳이 금전적인 문제에서도 부가적인 조건이 될 것이다. 이러한 생각으로 분석한다면 주변 계곡의 물소리가 '콸콸'보다는 '졸졸' 흘러가는 곳이어야 한다. 가격이나 안정적인 면에서도 유리하게 작용할 것이다.

IX

결론

1. 작은 규모의 별장

별장은 인위적인 것보단 자연이 스스로 그럴듯하게 이루어진 곳이 으뜸이다. 제2의 집으로서 규모가 크지 않는 곳이 별장이다. 권력 서열 1위 이승만 대통령과 2위인 이기붕 부통령 그리고 북한 권력 서열 1위인 김일성의 별장은 권력 서열로 볼 때 별장 건물의 규모가 크지 않고 작다. 큰 것이 좋다는 의미와는 대조적이다. 작은 것은 필자가 주장하는 혈의 개념을 놓고 판단해 보아도 같은 논리로, 작은 것이 아름답다.[61]

---

61 에른스트 슈마허, 장성익 역, 『작은 것이 아름답다』, 너머학교, 2016.

혈은 규모가 아주 작은 규모로 그 크기가 1평(3.3m^2) 이하 정 도다.[62]

2. 별장의 재료

지역에서 생산되는 나무나 흙으로 별장을 건축하였으면 했다. 한옥으로 건축하고 작게 지은 별장이 한결 더 돋보이는 것이 아닌가 생각된다. 주변에 있는 나무로, 재료로 건축을 하는 지혜를 발휘하여야 한다. 필자는 작은 움집에 전기 시설 도 하지 않는 공간에 살고 싶은 마지막 희망이 있다. 물론 권 력자들과는 이상이 다르겠지만 권력자의 평상심은 같을 것 이다.

---

62 혈은 둥근 원형으로 지름이 2m 크기로 1m×1m×3.14m=3.14m^2이다. 필자의 졸저 인 『혈 인자수지』 『대통령 풍수, 혈로 말하다』 등에서 이미 여러 차례 강조했다.

3. 요산요수

자연 그대로 요산요수로 된 곳을 찾아 별장을 유치했다. 그
당시는 먹고 사는 문제가 가장 큰 해결책의 시대였지만 지금
은 가드닝(garden-ing)의 시대인 만큼 정원수를 심어 현세대에
어울리는 요산요수가 되어야 할 것이다.

4. 격지지간(隔地之間)의 거리

제2의 집인 별장은 원거리에 있는 것이 여러모로 좋다. 생
활 환경의 변화요 삶의 원천이 조금은 달라야 하기 때문이다.
서울과 평양이란 원거리의 집이 별장이다. 추워야 더움을 알
고, 싫어야 좋은 것을 알듯이 상반된 생활 방식은 휴양과 생
활 의욕의 차원에서도 필요하다. 따라서 별장은 조금이라도
패턴 방식이 달라야 한다. 그렇다면 원거리에서 별장을 찾는
것이 유리하다. 이들의 별장 또한 원거리이다.

5. 훼손은 금물 자연 그대로

김일성의 별장은 훼손의 정도가 심하다. 급경사지로 내려오는 맥을 절개와 동시 성토를 하여 부지가 넓게 되도록 조성한 후에 건물이 건축됐다. 이러한 행위는 자연을 자연 그대로가 아닌 황폐화하는 기회가 된다. 지양함이 마땅하다.

물론 권력이 자연을 가만둘 리 없다. 그러나 자연(自然)은 스스로 그럴듯하게 이루어진 것이 원초적인 환경이다. 이러함에도 불구하고 형질 변경의 흔적이 가장 많고 크다. 자연을 망치는 행위는 휴식이나 휴양의 목적에도 반한다. 따라서 별도의 계획이 가능하다면 훼손된 부분을 빨리 복구하는 조치가 필요하다. 보는 것도 부담이 들기 때문에 자연에 가깝게 회복시키는 복구가 필요하다.

6. 풍수

풍수는 살아 있다. 이기붕 부통령을 제외한 권력자들은 능선에 별장을 건축했다. 능선은 기운을 전달하는 경로다. 급경사는 급하게 달려 멈출 수가 없다. 등산하는 사람들은 등산을 멈추면 쉴 곳을 찾아 휴식을 취하게 된다.

그러한 조건을 갖춘 곳이 이승만 대통령의 별장이다. 김일성의 별장은 급경사로 휴식이 어렵다. 이기붕 부통령의 별장은 능선이 아닌 평탄지에 위치한다. 따라서 이승만 대통령의 별장은 풍수 속에 별장이 있다.

7. 입정불입실일까? 입정입실일까?

3개의 별장을 길한 쪽으로 선택한다면 이승만 대통령, 김일성, 이기붕 부통령의 별장 순으로 분석된다. 하지만 입정입실일까, 아니면 입정불입실일까에 대한 연구는 차원을 달리하여 분석되어야만 가능한 일이다.

따라서 이승만 대통령의 별장에 대한 입정입실(입정불입실)에 대한 논리는 다음 단계로 미루어 분석해야 할 것으로 양해를 구하며, 구체적인 평가는 독자들 개인의 눈높이 몫으로 돌려야 할 것 같다.

대통령 무덤과 별장으로 보는 풍수 穴 이야기

8. 인적이 귀한 곳

지금이나 그 당시나 별장은 휴식이 가장 큰 목적이다. 사람이 운집하면 시끄럽고 피로하다. 이러한 곳은 최적의 장소가 아니다. 사람이 많이 없는 곳에 별장을 가진 자들의 특권이다. 따라서 권력자들이 일시적이나마 복잡한 생활을 피하기 위해 지은 곳이 별장이기 때문에 이곳을 선택한 것으로 이해된다.

9. 삶의 충전

별장의 주된 목적이기도 하다. 내일의 삶을 발전시키고자 하는 희망의 곳이 별장이다. 별장은 사무를 보는 목적보단 쉬기 위한 공간이 주된 역할이기 때문에 일은 다음으로 미루어야 할 것이다. 일의 연장이 아니라 미래 삶의 충전 기회로 삼아야 하는 곳이 별장이다. 잠시라도 직업의 정신에서 벗어나야만 할 것이다.

10. 일반인의 입장

별장을 짓기 위한 계획은 땅의 선택에 달려 있다. 뒤가 꺼진 곳이나, 급경사지나, 절대향이나 상대향의 논리로 집을 지은 경우, 배산임수가 아닌 경우, 올라가는 산에 집을 짓는 경우 등에 대해서는 올바른 별장의 개념이 아니다. 올바르고 길한 땅에다 바른 건축이 되어야만 입정입실의 집이 될 것이다. 따라서 풍수 혈은 미신이 아니고 100% 과학이다.

11. 관성의 법칙

김일성의 별장에는 운동 관성의 법칙이 있어 자리가 되지 못하나, 이승만 대통령의 별장은 진행이 계속되는 능선이 아닌 한쪽으로 돌아가는 형태로 마무리한다. 이러한 모양은 정지 관성의 법칙이 되므로 자리가 형성된다. 따라서 이 2자리에선 관성의 법칙은 되나 각각의 법칙 속에서는 다르다. 정지 관성과 운동 관성이 상존한다.

대통령 무덤과 별장으로 보는 풍수 穴 이야기

사람이 죽을 때까지 배워야 하는 것이 학(學)이다. 學을 파자해 보면 쏠쏠한 재미가 있다. 사람이 지붕에다 이엉을 이고 있는 형상이다. 초가집은 기와집과는 다르게 한번 이엉을 이면 끝나는 것이 아니라 1년이나 2년에 지붕을 이어야 물이 새지 않는다. 배움도 마찬가지로 學처럼 연속적으로, 이엉을 이는 마음으로 공부를 해야 한다.

풍수적인 의미의 혈이 그렇다. 혈을 이해한다고 하면서 중단하거나 머물면 쇠퇴해지기 마련이다. 게으름을 피우지 말고 계속적인 혈증 연구는 필수적이다. 혈의 의미가 이해되면 될수록 그 속에 들어 있는 무궁함은 증가할 것이다. 필자도 혈을 이해할 때까지는 한눈을 판 적이 없다. 남들이 미쳤다고도 했다. 가족도 무시하거나 미신이랍시고 천대하기도 했다. 그때 학의 기준이 용·혈·사·수·향이었다.

하지만 결과는 혈(穴), 혈증(穴證)으로 정혈(正穴)이 답이었다. 그것도 굉대한 신사가 아니라 아주 미세한 현미경적 관찰이다. 망원경으로 보는 원시안적인 개념은 너무나 무한(無限)했다. 거시적인 방법이 아니라 미시적인, 근시안적인, 현미경적인 접근이 답이란 걸 알았다. 혈은 학술이었고, 지금도 학술이며, 미래에도 학술이 될 것이란 믿음이다.

한편으론 혈은 디지로그란 생각이 든다. 아폴로 11호가 달나라 가는 세상에도 혈은 디지로그가 융합된 학문이다. 전통 풍수지리학에서 작금의 시대엔 현대적인 실용학문으로 가야만 하는 것이 혈인 혈증이다. 즉, 아날로그 시대에서 디지털의 시대를 융합한 디지로그의 시대로 가야만 한다. 혈인 혈증을 찾았다면 장사의 기법을 디지털화하는 방법으로의 진화된 경우라야만 진정 살아남을 수 있다.

필자는 혈을 혈증으로 찾아 이에 맞는 장법이 발전되어야만 한다고 주장한다. 그 방법이 디지로그이다. 따라서 지금의 시대는 아날로그와 디지털의 시간을 지나 디지로그의 융합으로 진행되는 정혈의 계기가 되어야만 발전한다. 만일 한쪽으로만 진행된다면 퇴보가 될 것은 자명하다. 풍수 혈도 마찬가지로 시대에 따라 시류대로 가야만 한다. 계속 전통의 고집대로 진행된다면 한쪽으로 치우치는 편향된 학문으로 치부될 수 있다. 지금은 디지로그의 시대로 가야 하는 철학적 명제다.

참고 문헌

『詩經』

『제황상유인첩』

서순계·서순실,『인자수지』

김두규,『풍수, 대한민국』, 매일경제신문사, 2022.

김민식,『집의 탄생』, 브 레드, 2022.

김종길,『한국정원기행』, 미래의 창, 2020,

박경석,『불후의 명장 채명신』, 팔복원, 2014.

오경아,『정원의 기억』, 궁리출판, 2022. p.213.

이재영,『혈 인자수지』, 책과나무, 2020.

이재영,『대통령 풍수, 혈로 말하다』, 책과 나무, 2022.

이재영,『혈증십관십서』, 책과나무, 2022.

정태종·안대환·엄준식,『말을 거는 건축』, 한겨레출판, 2022.

동아일보, 제31371호, 2022, 7월 11일 월요일, A20면.

시라토리 케이,『세상의 모든 법칙』, 포레스트북스, 2022.

에른스트 슈마허, 장성익 역,『작은 것이 아름답다』, 너머학교, 2016.

동아일보,「제31335호」, 2022.5.30.

고성군,「화진포 여행」.

인터넷,「다음」,「네이버」, 별장.

인터넷,「다음」,「네이버」, 자살률.

인터넷,「네이버」, 강원도 산지면적.

인터넷,「naver」, 국립현충원.

인터넷,「naver」「다음」, 4%의 법칙.

인터넷,「naver」, 풍수 이문호

인터넷, 소불,「소불생사문화연구소」, 이승만 대통령 편, 박정희 대통령 편,
         김영삼 대통령 편, 김대중 대통령 편